*Nove partes de um coração*

# Nove partes de um coração
## Janice Pariat

*tradução de*
Camila Araujo

© Moinhos, 2021.
© Camila Araujo, 2021.
The Nine-Chambered Heart © by Janice Pariat, 2018
Em acordo realizado com Pontas Literary & Film Agency.

*Edição:* Camila Araujo & Nathan Matos
*Assistente Editorial:* Karol Guerra
*Revisão:* Ana Kércia Falconeri e Tamy Ghannam
*Capa:* Sergio Ricardo
*Projeto Gráfico e Diagramação:* Luís Otávio Ferreira

*Nesta edição, respeitou-se o Novo Acordo Ortográfico da Língua Portuguesa.*
Dados Internacionais de Catalogação na Publicação (CIP) de acordo com ISBD
P231n
Pariat, Janice
Nove partes de um coração / Janice Pariat ; traduzido por
Camila Araujo. Belo Horizonte: Moinhos, 2021.
164 p. ; 14cm x 21cm.
Tradução de: The nine-chambered heart
Inclui índice.
ISBN: 978-65-5681-067-6
1. Literatura indiana. 2. Romance. I. Araujo, Camila. II. Título.
2021-2052    CDD 820.80954    CDU 821.111(54)-31
Elaborado por Odilio Hilario Moreira Junior - CRB-8/9949

Todos os direitos desta edição reservados à Editora Moinhos
www.editoramoinhos.com.br
contato@editoramoinhos.com.br
Facebook.com/EditoraMoinhos
Twitter.com/EditoraMoinhos
Instagram.com/EditoraMoinhos

*Para aquele que pernoitou*

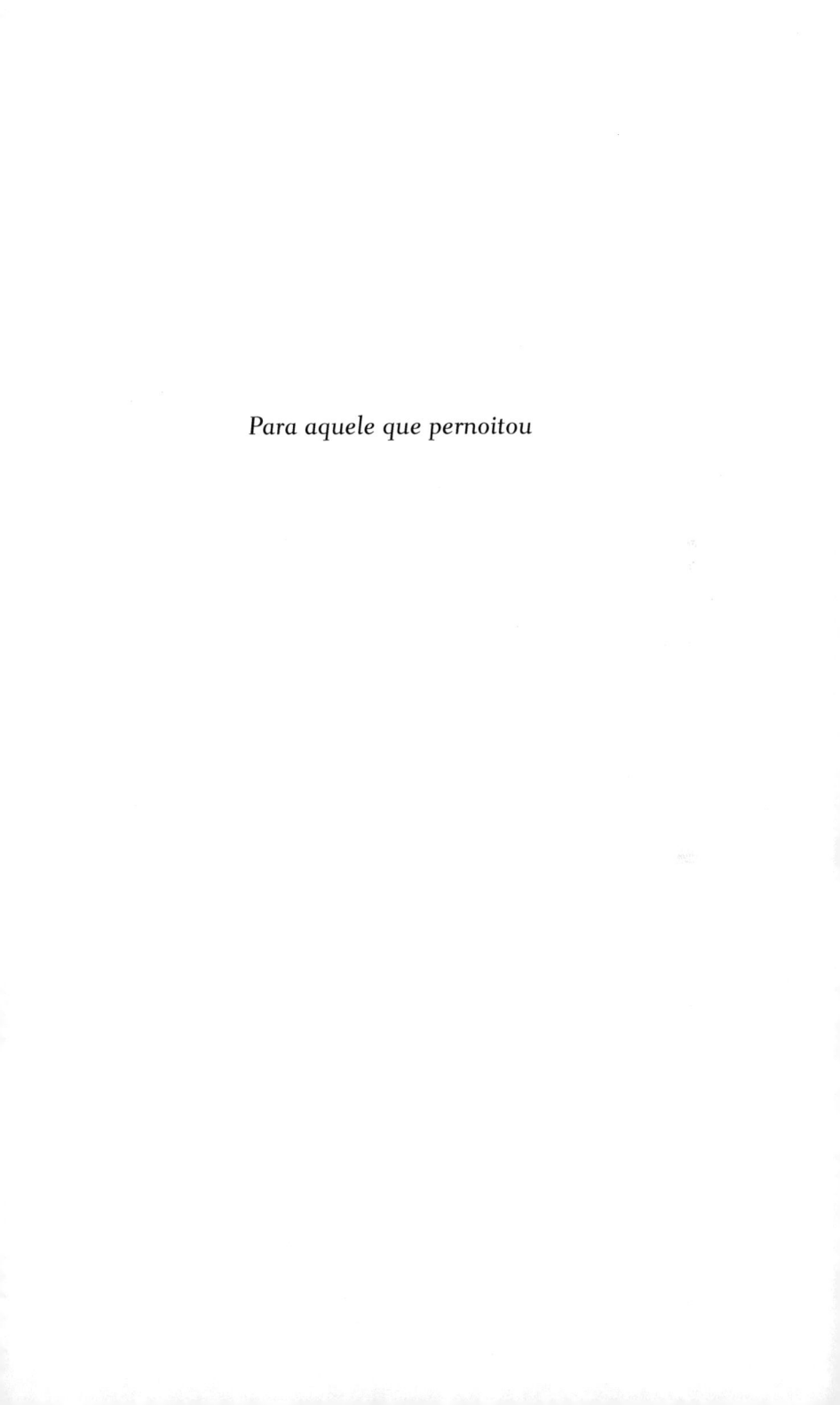

*É fácil amar.*

— Anaïs Nin

11
A SANTA

25
O AÇOUGUEIRO

43
O CUIDADOR

59
A AGENTE FUNERÁRIA

73
O PROFESSOR

87
O AÇOUGUEIRO

99
O FLORISTA

115
O CRUZADO

131
O GUARDIÃO DO FAROL

149
O NAVEGANTE

# A SANTA

Você tem doze anos e você me detesta.

Na minha aula, você se recusa a pintar, porque acha que seus desenhos são feios. E eu tento te dizer, como é o dever de todo bom professor, independente de eu acreditar ou não, que você melhorará com a prática. Você discorda. Te tira do sério que exista algo que você não consiga fazer de imediato, como uma soma matemática ou um experimento científico. Isso é arte, te digo, mas posso ver que você é uma artista científica. Se é que existe tal coisa.

As outras crianças se amontoam ao redor das mesas, pintando e desenhando com um abandono selvagem. Algumas são realmente talentosas. Você não é uma delas. As mãos delas se movem de forma instintiva pela tela e pelo papel, guiadas por algum espírito invisível. Embora eu sinta com pesar que esse será o único momento de suas vidas em que elas "farão" arte. E que irão crescer e mergulhar em vocações que não clamam pelo belo.

Quase um ano atrás, no meu primeiro dia, nessa pequena escola, nessa pequena cidade no leste do país, eu pedi que a turma pintasse uma árvore.

"Que tipo de árvore?", você perguntou.

"Qualquer tipo", respondi.

"Mas existem tantos tipos de árvores..."

"Fico feliz com qualquer um."

Aquilo não te satisfez. E enquanto sentava lá indecisa enquanto os outros já pincelavam, eu percebia que, quando você eventualmente tentou, se sentiu envergonhada, até um pouco humilhada, por sua árvore parecer com um picolé verde em um palito. Cometi o erro de ir até sua mesa e elogiar a garota à sua direita.

"Veja... como ela permitiu que um pouco do céu passasse pelos galhos... É dessa forma, não é? Uma árvore é desigual. Há espaços entre as folhas..."

Você me olhou com algo parecido com ódio.

É um olhar com o qual eu me acostumei naqueles primeiros meses. Tudo o que eu dizia, fosse para você ou para qualquer outro aluno, parecia incitante. Você nunca cometeu nenhum delito explícito, nada que me permitisse te tirar de sala e te mandar marchando até o diretor, o que talvez tivesse facilitado tudo. Ao invés disso, era uma insubordinação furtiva. Você fazia o mínimo do trabalho requerido. Passando a maior parte do tempo da aula observando de forma apática, pedindo permissão para usar o banheiro e só retornando pouco antes do sinal. Não se importava em participar ou responder perguntas, e qualquer coisa que eu perguntasse diretamente era respondida com um mal-humorado "eu não sei".

Assim nós levamos o ano.

E mesmo hoje, ainda recebo o mesmo olhar de desgosto. Estamos pintando uma paisagem com neve na aula, e eu olho para a pintura que você fez e digo rispidamente, "Alguma vez já viu branco puro na natureza?".

Você franze o cenho. "O que você quer dizer?"

"Quero dizer... que a neve não é branca *branca*, é? Existem tons de azul, e cinza, e rosa, e amarelo e até roxo... o branco não apareceria se fosse somente branco."

E então eu cometo o maior erro de todos. Retoco sua pintura. Mergulho o pincel em um pouco de azul, preto e água, e espalho pela sua paisagem.

Um toque aqui, uma pincelada ali. Melhorei a pintura, mas perdi você.

De agora em diante, você se recusa a pegar um pincel. Mesmo sob ameaça de punição e reprovação.

Você é a criança mais teimosa que conheço, e me faz sentir saudades da época da punição física.

Mais tarde, quando peço que a turma entregue seus trabalhos para nota, você entrega uma folha em branco.

"O que é isso?", pergunto irritada.

"Pássaros brancos voando por entre nuvens brancas."

Eu te dou um F. E então mudo para um C. Ao invés de mostrar que falhou, sinto que eu que falhei com você.

Passamos para outras coisas, mas você é espetacularmente sem talento em cada uma. Seus desenhos de natureza morta são fracos, os com carvão são bagunçados. Não posso permitir que você toque nos óleos, porque eles são caros e eu fui instruída a guardá-los para os "melhores" alunos da turma. Você fica confusa com as acrílicas, usando-as como aquarelas, mas elas secam muito rápido e deixam pedaços de cor duros nos locais errados.

Talvez mais tarde, quando eu já tiver ensinado por anos, saberei lidar com alunos como você. Por enquanto, não faço ideia.

Sinto que tentei de tudo: ameaça, coerção, indiferença, paciência. Conversei com seus outros professores e eles também não conseguem entender. Você é quieta e vai bem em todas as aulas. Um pouco desdenhosa em química, gosta de literatura, biologia e história, e você é intuitivamente talentosa em matemática. Mas não estou surpresa quanto a isso.

Realmente sinto que perdi você, até que um dia pergunto se gostaria de brincar com papel.

"E fazer o quê?", você parece desdenhar disso também.

"Bom, podemos fazer formas para começar..."

Você não parece nem um pouco impressionada.

"Já ouviu falar em origami?"

Desconfiada, nega com a cabeça.

Quanto você deve odiar admitir não saber alguma coisa. Estou quase satisfeita.

Eu te entrego folhas de papel e um manual de instruções para iniciantes. Tenho um pressentimento de que você iria preferir isso a instruções minhas. Você examina as páginas, escolhe o modelo, perdida em concentração. É notável. Você é incrível nisso. Das pontas dos teus dedos surgem cantos e caixas, sapos e borboletas, caranguejos e flores. Elegantes e complexas, as linhas prensadas e dobradas com diligente cuidado e precisão. São exercícios em exatidão. Cada uma do mesmo tamanho e forma da outra. Você se senta no canto da sala, pacientemente marcando, dobrando e alinhando todas as dobraduras quando termina. Quero dizer que são lindas, mas me preocupo que isso vai te dissuadir, então observo e não ofereço elogios.

Depois disso, há um mar de mudanças.

Você é a primeira a entrar na sala e a última a sair.

Seus olhos me seguem enquanto me movo de um grupo de alunos para outro e quando alguém vai até a minha mesa para pedir ajuda. Você permanece no final, me mostrando tudo o que fez naquele dia, ansiosa, se não me engano, pela minha aprovação.

No começo, não sei bem como responder. Pareço satisfeita? Te ignoro de volta agora? Acho que, na minha indecisão, faço um pouco dos dois, mas isso não te detém. Pelo contrário, parece te deixar ainda mais determinada. Você me para pelos corredores, e na biblioteca, às vezes pelo gramado, e começa as mais doces e mundanas conversas. Falamos sobre o tempo, e o almoço, e se eu gosto de gatos ou cachorros.

"Cachorros", digo.

"Gatos", você diz.

E tudo que eu respondo é seguido de um "por quê"?

Por que eu prefiro ervilhas a batatas? Por que eu gostaria de ter uma bicicleta em vez de um carro? Por que cachorros? Por que eu sou vegetariana? Por que eu gosto de chocolate amargo? Por que eu leio poesia? Quando direciono as perguntas a você, te acho agradavelmente impulsiva. Você não demora. Gosta de beterraba por causa de sua cor. Gatos, por seus olhos. Chocolate branco, porque não é bem chocolate. Poesia te confunde. Você responde do seu âmago. Tudo, nessa idade, é instinto.

Você me mostra testes e redações, trabalhos nos quais recebeu méritos. Te elogio como acho que uma mãe faria. Não é chegada a esportes, me conta. Mesmo que seja obrigada a correr e jogar e participar. Gosta de música, mas não tem aptidão para tocar um instrumento. "Gosto de cantar", me diz tímida.

"Canta alguma coisa pra mim."

"Assim do nada?"

"Assim do nada."

Nós estamos do lado de fora, andando por um caminho nos terrenos da escola.

"O que você gostaria que eu cantasse?"

"Qualquer coisa."

Leva um momento para escolher e começa a cantar. Tão suavemente que tenho que me inclinar para ouvir. É uma música antiga dos anos 70. Me pergunto como a conhece. Talvez seus pais a ponham para tocar em casa, e você cresceu ouvindo-a. É uma canção sobre um homem fazendo uma ligação para alguém que ele amou e que o deixou. É doce e boba, e incongruente, vindo de você, mas você canta até o final e eu aplaudo.

Uma vez você me dá uma flor, uma pesada magnólia. Caiu no chão durante a chuva e agora está em minha mão, umidamente brilhante. De um rosa cremoso, com uma cor mais intensa no centro, mais pálida nas bordas das pétalas cerosas. Coloco-a numa garrafa cheia de água e a levo comigo para casa no fim do dia. Fico emocionada pela sua atenção, e desconcertada. É intensa, como caminhar sob o sol do meio-dia. Nunca estive em posição de receber algo assim. E então digo a mim mesma que você é uma criança, que não sabe muito. Teus sentimentos vão nessa e naquela direção, passando de coisa a coisa, pessoa a pessoa. Logo cansará disso tudo e outra pessoa vai te fascinar. Mas sua afeição não parece diminuir em momento algum.

Penso que talvez seja melhor te afastar aos poucos, ficar um pouco distante, menos acessível. Afinal de contas, não queremos que faça algo negligente. Então sou educada, mas mais reservada. Me escondo em salas se você vem vindo pelo corredor. Digo que estou ocupada quando me encontra na biblioteca. Saio da escola com meus outros colegas. Sento-me na grama com um livro, apreensiva. Você parece confusa, embora nada afetada. Mas o quanto mais clama pela minha atenção, menos te dou. É uma dança terrível e me sinto mal, mas não sei mais o que fazer.

Em alguns dias, encontro dobraduras de papel na minha mesa, às vezes uma libélula.

No começo, eu as colecionava, colocando-as em uma prateleira como um zoológico estático e desordenado. Agora tento te dizer que deveria levá-las para casa, para seus pais, para os surpreendê-los e agradá-los, mas você me olha em silêncio. Quando insisto, eventualmente você me diz que não pode e se afasta.

Isso me incomoda, mas não é algo que eu possa te perguntar diretamente. Pelo menos não agora. Não construímos esse tipo de confiança. Me pergunto se algum dia a teremos. Então eu falo com os outros professores, os que te ensinam há mais tempo, e pergunto se eles sabem mais sobre você e sua vida em casa. Há várias conjecturas. Alguém pergunta se você não é órfã. Ou filha de um pai só. Não, dizem outros, eles não acham que seja isso, mas existe algo fora do comum nas circunstâncias do seu lar. O seu professor de matemática se manifesta, e se ele não está enganado, não é que você perdeu seus pais, mas que eles vivem em outro local; seu lar, pelo menos durante o ano letivo, é com seus avós. Não que tenha sido abandonada, ele emenda apressado, mas seu pai trabalha em outro estado com poucas, sequer alguma, escolas renomadas. Meu coração se compadece por você e seus amigos de papel.

Dali em diante, sou mais gentil.

Você não é de todo ruim em escultura com argila, mas sou mais encorajadora do que deveria.

"Essa vaca está ótima", digo.

Você me olha duvidosa. "É pra ser um cavalo."

Apressadamente, dou um discurso de como a arte está nos olhos de quem vê.

"Então não importa o que estou tentando fazer?", outro aluno pergunta.

"Importa. Mas você não pode controlar como os outros escolhem ver."

Você fica depois da aula, esperando até os outros saírem. Me pergunto o porquê. Não acho que você está prestes a me questionar sobre a subjetividade da interpretação. Você vem até minha mesa, papéis e livros em mãos. Seu cabelo, quase sempre dividido em tranças, se soltou, seu laço pendurado sobre o braço. Você tem doze anos, mas seus membros parecem em desacordo com a sua idade, como se fossem se ajustar apenas daqui uma década. Será alta e linda, tenho certeza, mesmo que agora seja desajeitada, estranha e indisciplinada. Olha para mim, seus olhos escuros como tinta.

"Você sempre quis fazer isso?"

Pergunto o que você quer dizer.

"Isso", você aponta a sala.

Me recosto na minha cadeira. Ninguém me perguntou isso antes. Pelo menos não aqui. Poderia te dizer várias coisas. Que, óbvio, era um sonho trabalhar com crianças, ensiná-las sobre o belo e como fazer coisas belas. Mas decido dizer a verdade.

"Não."

Você não parece surpresa.

Olho para as minhas mãos, estendendo-as em minha frente. "Eu queria ser pianista."

"Você frequentou uma escola de música?"

Aceno que sim com a cabeça. Frequentei, por muitos anos. Até comecei a me apresentar em recitais aqui e ali. Sem muitas oportunidades nessa cidade pequena em que moramos, então eu também dava aulas nas casas das pessoas, tentando economizar para me mudar para a cidade grande.

"E o que aconteceu?" Ou em outras palavras, vá logo ao ponto, por que eu estou aqui.

"Sofri um acidente... machuquei minhas mãos."

Com o pragmatismo frio de uma criança, você me olha e diz, "Mas você ainda pinta".

Te digo que é tudo o que eu consigo fazer.

"Ah", você diz e sai. Talvez não houvesse razão para eu ter sido honesta. Você é uma criança. Com um entendimento limitado. O que eu esperava? Compaixão? Preocupação?

Fico na sala sozinha me sentindo, por algum motivo, resolutamente tola.

Você falta na aula seguinte. E na próxima.
E mesmo que eu tente fingir indiferença, estou preocupada. O que aconteceu, pergunto aos outros. O que aconteceu com você? Uma bronquite, aparentemente. Acompanhada de tosse e febre alta. Fico em um impasse, querendo te desejar melhoras, mas querendo manter distância. Sei que seus colegas fizeram cartões para você, mas não assino nenhum deles. Não faço perguntas. Em dez dias você retorna, pálida, abatida e ainda tossindo. Perdeu peso. Faço uma pequena flor de argila para você, pinto de vermelho e deixo no seu lugar. Faço isso com todos os meus alunos que estiveram doentes. Você me agradece ao final da aula e não se demora como de costume. Isso me deixa, desconfortavelmente, me perguntando o porquê.
Te acho mais quieta que o normal.
Você parou de fazer os animais de papel e as estátuas de argila e, em vez disso, está pintando papel atrás de papel com o mesmo azul profundo. E então laranja. E então verde. Brinco que você é abstracionista, mas você não ri.
Um dia, te encontro no corredor e pergunto como você está.
Você não olha para mim quando diz que está bem.
"Ouvi que não está se sentindo bem…"
"Melhor agora, obrigada."
"Há algum problema?", não consigo evitar a pergunta.
Você balança a cabeça, seus olhos ainda fixos no chão.
Quero dizer que pode me contar, que tem com quem conversar. Que eu sei que vive em uma casa com duas pessoas velhas, que deve se sentir só. Mas não. Te dou um tapinha de leve no ombro e você segue seu rumo.

É estranho, mas sinto falta de você permanecendo depois do fim da aula, conversando com seu jeito direto e questionador. Sinto falta da sua cantoria, suas flores, suas perguntas intermináveis, sua atenção a tudo que eu digo, até mesmo a mais simples e mundana instrução. Espero que tudo retorne até o final do semestre. Principalmente quando faço o anúncio de que teremos uma exibição de tudo o que fizemos durante o ano. A maioria dos alunos está excitada, cochichando uns com os outros, debatendo quais trabalhos gostariam de expor. Alguns têm de escolher entre muitos. Você, no entanto, parece nem ter me escutado.

Permito que algumas aulas se passem antes de te perguntar. Naquela tarde, você se demorou, sem intenção, porque uma coleção de papéis que você pintou caiu se espalhando pelo chão.

"Pensou sobre o assunto…?"

Você me encara. Assustada.

"O que gostaria de expor… na exibição de fim de ano…"

Você permanece imóvel. É desconcertante.

"Sim…"

"Ah, bom. E…?"

"Ainda estou pensando… não sei…"

Começo a fazer algumas sugestões e então paro. O que estou fazendo? Este é sem dúvidas a melhor forma de fazer você *não* participar. "Bom… me avise se precisar de ajuda…"

Você acena com a cabeça e sai da sala.

Um dia, quando já me desfiz de toda a esperança de você voltar a ser como era antes, você permanece depois do fim da aula. Estou na minha mesa, examinando algumas pinturas para a exibição.

"O que aconteceu?"

Te olho confusa.

Você se aproxima, abraçando seu livro contra o peito. Nunca recuperou seu peso depois de ter ficado doente, suas bochechas permanecem pálidas e fundas.

"O que quer dizer?"

Você aponta para as pinturas.

"Estou tentando escolher molduras...", começo.

"Não", interrompe. "Digo com as suas mãos. O que aconteceu?"

Acho que entendo, mas não quero responder. Você insiste.

"Você me disse que sofreu um acidente... e não conseguia mais tocar piano..."

"Ainda consigo tocar", digo, e acrescento, "Mas só um pouco".

Você permanece em silêncio, esperando que eu explique.

Coloco as pinturas de lado. "Consegui um emprego em um coral... um grupo maravilhoso de crianças... vozes de anjos e tudo o mais. Não era...", rio. "Tocávamos mais hinos, mas pagava bem e ajudava a complementar minhas aulas de música..."

Você não tira os olhos de mim. Não sei para onde olhar, para você, para minhas mãos. Me decido pela janela, por onde o sol do fim da tarde está entrando e criando formas no chão.

"Estávamos viajando... para uma apresentação em uma cidade vizinha. Todos nós em um ônibus... estava chovendo... eu devo ter cochilado..., mas me lembro de acordar com o solavanco... uma batida terrível... o ônibus se amassando como uma lata... e o assento a nossa frente de repente nos imprensando. Se eu não tivesse colocado... colocado meus braços entre o garoto do meu lado e o metal, acho que ele teria sido esmagado."

"Você salvou a vida dele?"

"Aí que está... gosto de pensar que sim..., mas não sei."

"Seus ossos quebraram?"

Aceno que sim. Grata, de certa forma, pela sua resignada falta de emoção. Nesse momento, a maioria dos adultos estaria expressando sua mais copiosa compaixão, e eu nunca saberia o que dizer aos seus "Sinto muito… sinto muito mesmo… isso é terrível… que tragédia…". Eu geralmente acabaria dizendo um "obrigada" desajeitado e me resignando ao silêncio.

"Quebrados em várias partes…", digo levantando meu braço esquerdo. "Tem uma haste de aço passando por esse aqui."

"Você apita quando passa pela segurança do aeroporto?"

Eu rio, você ri, e de repente a sala se enche de luz.

"Dói?"

"Às vezes."

E então me pergunta algo que ninguém nunca perguntou antes.

"Se você estivesse naquele ônibus, faria tudo de novo? O que fez."

Demoro um momento para responder. "Gostaria de dizer que sim…, mas na verdade, não tenho certeza."

Você não parece desapontada. Na verdade, concorda rapidamente, como se essa fosse uma conversa de negócios. Em contrapartida, quero te fazer várias perguntas, sobre você, sua casa. Mas esse momento se parece com finalmente ter um pássaro sentado em minhas mãos comendo migalhas. Agora não é o momento de fazer movimentos bruscos ou barulhos altos e te assustar.

Enquanto caminha para fora da sala, você se vira. "Quer saber", diz, "acho que você faria."

Logo é o fim do semestre e nós estamos organizando o salão de exibições. Você não submeteu nenhum trabalho. Estou desapontada, sim, mas não muito surpresa. Não posso sequer usar a frase que uso com as outras crianças – "Você não gostaria que seus pais vissem seu trabalho e ficassem orgulhosos de você?". Não tenho certeza de que os seus vão vir. E não quero arriscar dizer "avós". Não sei por que, mas sinto que é uma situação delicada. Ou pelo menos a trato como se fosse.

Enquanto os trabalhos estão sendo pendurados, você fica por perto.

Como acho que você está esperando, não pergunto onde está sua contribuição. Pergunto o que acha.

"Sobre?"

"Tudo isso...", gesticulo o local, que se enche de pinturas, desenhos, esculturas.

"Quero ver como vai ficar depois de acabado."

E é difícil arrancar qualquer outra palavra de você. Mas vejo que observa cuidadosamente onde cada coisa está sendo colocada.

No momento, não tenho tempo para perguntar por que ou imaginar. Este é meu primeiro evento, precisa ser impressionante e deve, de alguma forma, validar... alguma coisa.

Vou embora tarde naquele dia, depois que todos os trabalhos das crianças foram dispostos. Acho que está adorável. Que pena você não fazer parte. Estou tentada a colocar algumas das dobraduras que você me deu em um canto, mas desisto. Esta escolha é sua e devo respeitá-la. Você não se sentiu envolvida o bastante nessa turma para participar.

No dia seguinte, chego cedo à escola e vou para o salão de exibições. Mas alguém esteve lá mais cedo. Ou pelo menos é o que o segurança me diz. "Uma de suas alunas", ele diz. "Ela disse que tinha sua permissão... permissão especial... para colocar uma coisa no salão. Ela segurava várias coisas..."

"O que você quer dizer?" Um pânico se instala em meu peito. "Qual aluna? O que ela estava carregando?"

Ele dá de ombros. Claramente sem compreender por que eu estaria preocupada. "Tesoura... papel... essas coisas de arte..."

"Eu não dei permissão para ninguém fazer coisa alguma."

Finalmente ele parece um pouco preocupado. "Não?"

Balanço a cabeça.

Ele se atrapalha com a porta, destrancando e abrindo. Andamos rapidamente pelo corredor.

Na minha cabeça imagino tudo arruinado. Pinturas arrancadas de suas molduras, rasgadas e picotadas em retalhos. Lonas amassadas, esculturas espalhadas pelo chão, todas em pedaços. Mal posso esconder minha raiva. Quem poderia ter feito isso? E por quê? Por um instante penso em você, e me forço a descartar a ideia. Não tenho provas. E por que eu pensaria primeiro em você? Talvez pela sua antipatia, suas mudanças de humor, seu desinteresse. Mas você não é assim o tempo todo. Nunca me pareceu vingativa. Ainda assim, quem sabe? Crianças podem ser criaturas estranhas. Tento tirar isso da cabeça antes de entrar no salão. O guarda e eu estamos em silêncio.

Entro, e tudo está no lugar, da forma como deixamos na tarde anterior. Nada parece ter sido tocado, quebrado ou movido.

"Tudo ok?", o guarda pergunta.

Confirmo que sim.

"Bom, que alívio."

E então eu vejo. O motivo pelo qual você veio aqui mais cedo.

Na porta que dá para o lado de fora, do outro lado do salão, uma cortina branca.

Não consigo distinguir o que é, tecido ou fita, até que me aproximo.

Garças de origami. Cordões e mais cordões. Movo-os com cuidado e eles farfalham contra minha mão. Branco puro. Elegantes e uniformes. Feitos com um cuidado meticuloso.

Há mil delas, tenho certeza mesmo sem contar.

Dizem que dobrar mil garças de papel te concede um desejo.

Me pergunto o que você desejou.

Espero de todo coração que se realize.

# O AÇOUGUEIRO

Eu te amo. Quase te bato.

Você está em um canto, gritando comigo, e levanto minha mão. Posso ver seus olhos se arregalando, sua boca aberta em um "O" silencioso enquanto as palavras morrem em sua garganta com a surpresa. E o medo.

A tarde não começou dessa forma. Não, *nós* não começamos dessa forma.

Anos atrás, eu me lembro. Vejo você através de uma fogueira na véspera de ano novo. Toda delicada e brilhante, iluminada pela luz das chamas. Estou enrolando um baseado e você encontra meu olhar. Depois disso, milhões de olhares esgueirados, um ou dois pequenos sorrisos, risadas.

Uma troca de lugares enquanto as pessoas se levantam para pegar mais bebidas, usar o banheiro, procurar por cigarros e fósforos. Em algum momento, nos encontramos sentados lado a lado. Passo um baseado e suas tragadas são delicadas, a maior parte da fumaça escapando por sua boca. Queria poder dizer algo espirituoso ou inteligente. Poder citar um trecho de um livro ou alguma coisa, para que o que quer que a gente compartilhe depois disso, não importa se duradouro ou passageiro, sempre tivesse esse começo. Ao invés disso, quando você me passa o baseado de volta, me escuto dizendo, "Dos bons, né?".

E num instante, tudo se torna esquecível.

Você é mais velha.

Acabei de começar na universidade e você está no último ano.

"Por favor, não pergunte 'e agora'…"

Eu estava prestes a perguntar, mas protesto, dizendo que não, e, em vez disso, comento sobre o tempo. Algo verdadeiramente significativo sobre estar frio. Você nada responde.

Porra. Tenho tentando começar uma conversa terrivelmente banal, mas você me deixa nervoso. Mesmo que eu tenha acabado de te conhecer, sinto que devo parecer mais do que sou, ou jamais tenha sido. Uma versão melhor de mim, reluzente, mais brilhante de alguma forma. Bem mais tarde, percebo isso como uma coisa simples. Admiração. Como se você fosse um pássaro raro visitando um jardim. Por mais estúpido que possa parecer, naquele momento parece um privilégio que você tenha escolhido a mim. Nunca estive mais feliz por ter deixado meu lar, uma pequena cidade no leste do país, e me mudado para a capital, a cidade sem um rio. Sempre tive a sensação de que tudo além é tão maior, que se move em ritmos ensandecidos, e há pessoas como você. Naquela noite, sento-me ao seu lado, baseado atrás de baseado, expandindo meus sentidos até o céu. Era assim que os exploradores se sentiam, eu acho, à frente de uma expedição. Você, um continente ainda a ser descoberto. Uma terra que não foi mapeada. E de alguma forma, pra mim, o mundo.

Naquela noite, ao redor da fogueira, uma discussão se inicia.

Somos um grupo estranho. Todos nós passando o final de semana nessa cidade. Barata. Boa maconha. Popular entre mochileiros. O lugar onde estamos ficando tem um terraço e é lá que nos juntamos. Alguns estrangeiros, alguns moradores locais, um grande grupo de universitários da capital. Ainda não é meia-noite, mas é tarde o bastante para sentir um torpor amigável da bebida barata. Conversas fiadas, histórias de viagens compartilhadas. Hora dos bêbados filosofarem.

Alguém pergunta, "O que você faria se pudesse prever?".

"O quê?", pergunto. Não estava prestando atenção.

"Sofrimento."

Digo que não entendi.

O futuro sofrimento de alguém que você acabou de conhecer.

"O que você quer dizer?"

"Sofrimento que você vai causar. A alguém com quem você vai estar. Se você conseguisse prever, isso te impediria? Ou você estaria disposto a assumir o risco, testar a profecia?"

Digo que estaria.

Diversas opiniões começam a ser despejadas. É cruel. Não, certamente agora que você sabe, pode ser evitado. Mas não é assim que as profecias funcionam? Elas são autorrealizáveis. A discussão continua. Perco o interesse. Você, percebo, permanece quieta.

Mais tarde, vou para o quarto de uma turista francesa. Não é minha primeira vez. Dormi com uma garota na minha cidade natal poucos meses antes de ir embora para a capital. Ficamos deitados na cama de um amigo, o quarto no térreo, e ouvimos xingamentos pela janela, junto com o barulho de pedras batendo no telhado.

"O que está acontecendo?", ela perguntou com medo.

"Alguém nos viu", eu disse. Provavelmente um dos vizinhos enxeridos e altamente religiosos do nosso amigo. "Devemos parar?", ela perguntou.

"Não", estava quase dentro dela. E quando a penetrei, estremeci e fiquei parado em menos de um minuto. Não é assim tão rápido com a garota francesa. Ela emite gritinhos curtos e excitados que me distraem. Está frio. A cama, uma placa de gelo. Sou desastrado. Ela gosta de morder e eu me retraio quando ela quase tira sangue do meu lábio. Mas gosto do cabelo loiro dela e sua cintura marcada, suas pernas longas que me envolvem. Finalmente, escondo a cabeça em seu ombro, acima dos seus seios em formato de pera, enfio com força e rápido, e logo termino. Estou pensando em você no dia da fogueira.

Só te encontro de novo um mês depois. Numa festa estudantil, na cidade sem rio. Uma daquelas festas desorganizadas que geralmente terminam em uma briga de bêbados. Te acho na varanda, parecendo não estar à espera de ninguém. Dessa vez, penso, vou dizer algo memorável.
  "Onde você estava enquanto a gente ficava chapado?"
  Por um momento você parece confusa, e então sorri.
  "Voltei com outro baseado… e você tinha ido embora."
  "Estava frio… eu estava com sono."
  Acendo um cigarro e me encosto na grade.
  "Você se divertiu naquela noite?"
  Balanço a cabeça que sim, lembrando rapidamente da garota loira. "Teria sido melhor se você estivesse lá…"
  "Estou aqui agora."
  "Por quanto tempo?"
  Você olha pro seu copo de plástico vazio. "Enquanto o álcool durar."
  "Por mais dez minutos, então."
  Quando você ri, quero te beijar.
  Acontece que você também é da mesma pequena cidade no leste do país que eu. Mas de um bairro diferente e elegante. Além disso, você mora aqui há alguns anos. "E talvez em algum

momento, em outro lugar", você acrescenta. Tenho a sensação de que você pode ser mais andarilha do que eu. Pois mesmo que eu queira fugir, conheço minhas raízes. Eu te levo de volta ao seu apartamento, naquela noite, na minha moto. Dirijo devagar, porque quero garantir que sou um bom motorista. Além disso, quero que o passeio dure. Suas mãos segurando minha cintura, a sensação do seu peito nas minhas costas.

Quando chegamos, pergunto: "Vejo você em breve?".

Você concorda. Então, com um aceno, você se vai.

Fico impressionado com a forma como começamos com tão pouco, ou nenhum, conflito.

Não é a minha experiência.

Tenho apenas 22 anos, mas a vida tem sido longa.

Comecei estudando algo que meus pais achavam útil. Porém, dois semestres em biotecnologia e eu fui reprovado em todos os exames, gastei todo o dinheiro que recebi para aquele ano e troquei de curso, para a fúria do meu pai médico, é claro. Mas minha mãe, a mais gentil dos dois, convenceu-o a me deixar em paz. Se era estudos visuais que eu queria, que assim fosse.

Eu nunca disse a eles que tudo o que eu realmente queria era ser músico.

"Você toca bem", você me diz.

Estamos numa festa na casa de alguém, sentados na sala de estar, onde eu encontrei um violão. "Obrigado", eu digo. "Aprendi sozinho."

Não te conto que meus pais matricularam apenas minha irmã em aulas de piano. Que eles pensavam que, sendo um menino, eu não iria – não, que não deveria – me interessar por tais frivolidades.

Você se aproxima. Está usando uma longa saia de lã, uma jaqueta de couro desgastada e uma gola polo. Seu cabelo está preso, soltando-se nas laterais.

"O que você gostaria que eu tocasse?"

"Ooh, ele está aceitando pedidos", alguém grita do fundo da sala.

"Não de você, Bongo", eu grito de volta.

Já que você diz "qualquer coisa", eu toco as músicas que sei melhor. Um pouco de Marley e Led Zep, um pouco de Dylan e Clapton. Você canta algumas partes, com uma voz suave e agradável.

"Algo dos Beatles?"

De repente, sinto como se só tivesse uma chance de escolher a música certa. Que vai fazer toda a diferença. Penso em todas as que eu sei. "Come together." "Penny Lane." "Yellow Submarine." "Eleanor Rigby." Todas de alguma forma parecem inapropriadas, até que lembro de uma sobre um pássaro preto e asas quebradas. Melodia complexa e doce, e uma letra simples e doce. Acontece que você sabe toda a letra. Verso atrás de verso. A sala fica em silêncio, com apenas o violão e sua voz preenchendo o ar. Eu sei, que não importa o que aconteça, que quando eu te deixar em casa naquela noite, nós vamos nos beijar.

Você divide um apartamento com mais duas outras garotas. É uma vizinhança melhor do que a que eu moro. Com árvores e avenidas largas. Seu quarto, quando o vejo, tem cortinas multicoloridas sobre as janelas, uma cama baixa, um carpete áspero, e fotos coladas no armário. Você jogou um lenço sobre uma lâmpada alta de papel. Gosto do seu quarto mais que o lugar que compartilho com três meninos, cheio de pratos usados, calçados descartados e garrafas vazias. Temos muita sorte, você diz, quando passo a noite pela primeira vez, que o proprietário não mora no prédio e, portanto, não pode expressar sua desaprovação por essas "indiscrições".

Sou mais alto que você, mas a gente cabe na cama – uma mistura estranha entre uma de solteiro e uma de casal –, se eu me encostar contra a parede. E se não nos mexermos muito.

Não nos movemos muito, mas conversamos. Gosto de você porque quando eu digo, tarde da noite, no escuro, que quero começar uma banda, você não ri.

Mais desinibido, faço você ouvir uma música que gravei, secretamente, no meu quarto da minha cidade natal. É pesada e triste, sobre um homem que bebe em estacionamentos. Não acho que esteja muito boa agora, mas você ouve atentamente e diz que acha que mandei bem.

"Mas posso fazer melhor." Com você, quero acrescentar, sinto que sempre posso fazer melhor.

Você, porém, raramente fala sobre si mesma. Apenas uma vez que você me contou sobre seus pais e como eles sempre viveram longe de você por causa do trabalho do seu pai.

"Eu dizia às pessoas que eles estavam mortos. Que morreram em um acidente de carro."

"Por quê?", pergunto, perplexo. "Por que você faria isso?"

Sua voz é suave na escuridão. "Porque eu estava com raiva. Eles continuaram prometendo que voltariam para sempre, mas nunca o fizeram."

Outra noite, depois de termos bebido mais do que algumas cervejas cada um, você me disse que uma vez, quando seus pais foram embora após a visita anual, você estava tão chateada que adoeceu com uma febre que durou semanas.

"Eu tinha onze... doze anos... não conseguia entender por que sempre era deixada para trás..."

Silenciosamente, prometo que nunca vou deixar você.
Mas é uma promessa que eventualmente acho impossível de cumprir.

Quando chega o verão, viramos seres noturnos.
Voltamos da universidade passando por casas escuras, o som dos geradores de energia de outras pessoas cravejando o ar como tiros silenciosos. É impossível dormir. O calor escoa do chão e das paredes, de cada superfície que tocamos. Jogamos baldes d'água, molhamos os lençóis, mas o calor é traiçoeiro. Então saímos de moto e vamos para o centro da cidade, onde as estradas são largas e todos os podres de rico dormem em suas camas sob o ronronar frio dos aparelhos de ar-condicionado que nunca disparam ou desligam.
"Cretinos", gritamos ao cruzar seus portões, o rugido de minha moto quebrando o silêncio. Em seguida, paramos em algum pedaço de grama, com todos os outros pobres que se encontram durante aquelas noites agitadas e insones. Às vezes, compramos picolés de laranja do homem com o carrinho de sorvete e, enquanto eu mordo o meu inteiro, você suga o suco até o gelo ficar branco.
"Você é um vampiro."
E você finge morder meu pescoço, e eu te seguro na grama e quero levantar seu vestido.
Somos crianças selvagens.

Assim que o verão esfria e as chuvas diminuem no norte, vamos para as montanhas. Nossa primeira viagem juntos. É também a primeira vez que temos uma briga terrível. A primeira de muitas.
Para começar, perdemos nossa parada. Devíamos desembarcar às seis da manhã, mas estávamos dormindo, soterrados por

nossas jaquetas e xales nos assentos duros e frios. No momento em que acordamos, ultrapassamos nosso destino em três horas e tivemos que voltar em um ônibus local barulhento.

Quando chegamos à cidade nas montanhas, discordamos sobre onde ficar.

"Isto é muito chique", sussurro em seu ouvido no hotel que cobra quinhentos dólares por noite.

"Para onde você quer ir, então?"

"Para outro lugar." Não acrescento um "mais barato."

"Já passamos vinte horas na estrada e você quer caminhar mais?"

"Este é o primeiro lugar que vimos."

E assim fazemos, mas todos os outros lugares mais baratos que procuramos, você detesta. Muito sujo. Muito pequeno. Paredes úmidas. E assim acabamos por voltar ao lugar onde começamos.

"Eu vou pagar por nós dois", você declara.

E isso me irrita ainda mais. "Não é sobre a porra de dinheiro", eu digo. É, mas também não é, e sei que você não vai entender.

Naquela noite, quando uma calma inquietante se instala, partimos para a cidade. Quase imediatamente, somos abordados por um drogado triste e de olhos vermelhos que caminha ao meu lado perguntando se eu quero um pouco de haxixe.

"Ignore-o", você diz, mas é tarde demais. Eu já disse: "Quanto?", não pude evitar. É instintivo.

Ele diz um valor, por mais insano que seja, e depois não nos deixa. Você não diz uma palavra, mas posso sentir sua raiva, fervente e silenciosa. Quando o drogado enfia o haxixe no bolso da minha jaqueta e finge que eu que não estou pagando, fico muito bravo. Eu dou a ele o dinheiro e jogo tudo na lata de lixo mais próxima.

"Ok, desculpe, tudo bem?", eu digo, mas você fica quieta.

Acabamos em um restaurante em um terraço, onde os mochileiros estão sentados em almofadas nas beiradas, bebendo cerveja. As paredes estão grafitadas e lanternas penduradas em postes de bambu. Nosso humor melhora depois de comermos um pouco. Começamos a conversar novamente. Você enterra seus pés com meia sob a minha coxa para se aquecer. Eu coloco uma mecha de cabelo atrás da sua orelha. A noite cai densa e rápida, e as montanhas atrás de nós desaparecem na escuridão. O álcool nos aquece. Alguém nos passa um baseado. Sentamos mais perto. Em seguida, trazem um violão do andar de baixo.

"Quem sabe tocar?", grita o proprietário.

Você levanta minha mão.

E a noite passa em um borrão de música e melodia, e rostos e fumaça. As pessoas se juntam ao meu redor, garrafas nas mãos, copos brilhando como estrelas. Minha voz, e as vozes deles, e as nossas, sobem pelos telhados. Há uma mulher com longos cabelos loiros escuros, vestindo uma jaqueta tibetana, sorrindo para mim. Um menino usando brinco me passando um cigarro após o outro. Cantamos sem parar. As canções que todos nós parecemos conhecer. É um daqueles momentos em que você sente que a música vai deixar tudo bem, e o mundo não é um lugar tão ruim, afinal. E se apenas continuarmos cantando, tudo vai ficar do jeito que está, congelado naquele momento.

No dia seguinte, você se foi.

Acordo sozinho no quarto do hotel. Uma bagunça amassada e desalinhada. A cama, não eu. Embora eu também não me sinta bem. No lençol, um vazio, um travesseiro. Chamo por você. Talvez você esteja no banheiro. Te chamo novamente. Eu me levanto e confiro, agora atormentado pelo medo e pela preocupação. Seu lado da cama parece ter sido usado, eu acho. De qualquer forma, como saber? Tenho certeza de que voltamos juntos. Tenho? Sim, acho que voltamos aos tropeços ao amanhecer, eu brilhando no rescaldo da performance. Para uma audiência real e ao vivo. Sinto que nunca toquei melhor ou com mais habilidade. Lembrei-me das letras e manobrei meu caminho através de progressões de acordes complicadas. Quando chegamos ao nosso quarto, te apalpei bêbado, lembro, de felicidade, levantando teu suéter, passando minhas mãos sobre teus seios, beijando teu pescoço. Acho que você me empurrou. Devo ter tentado novamente antes de cair no sono.

Agora, no final da manhã, isso me vem à cabeça em flashes.

Não tenho certeza por onde começar, mas saio. O cara da recepção não faz ideia quando pergunto se ele te viu. A cidade é pequena, mas parece interminável quando eu saio. Desço até a estrada principal, flanqueada por barracas de roupas com caixas de fósforos, restaurantes ainda fechados e mulheres com xales vendendo bolinhos fumegantes. Talvez você estivesse com fome e veio em busca de comida. Talvez eu encontre você de pé ao lado de um desses vendedores ambulantes de comida improvisados, comendo momos. "Aqui", você dirá, estendendo um para mim. Seus olhos, como de costume, estarão contornados pelo delineador que você não limpou, seu cabelo enrolado desordenadamente em um coque. De repente, sua ausência parece uma punhalada em meu estômago. Devo encontrar você. De alguma forma, meus pés fazem o caminho para onde estávamos na noite passada. Subo as escadas para o restaurante no terraço, que está quase deserto, exceto por um grupo de mochileiros tomando café da manhã. Estranhamente, não consigo me lembrar onde você estava enquanto eu tocava violão. Ao meu lado, é claro. Ou era a senhora de cabelo loiro escuro e jaqueta tibetana? Ela era muito simpática. Em algum momento, ela não me pediu para mostrar a ela como dedilhar?

Em meia hora, sinto que esgotei todas as possibilidades e caminhei pela estrada principal para a morte. Estou começando a vacilar agora entre a raiva e o medo. Por que diabos você está fazendo isso? E se algo acontecer com você? Estou com fome e de ressaca, e a erva deixou um gosto amargo de queimado na minha boca. Devoro um prato de *'dumplings'* e depois me sinto culpado. Eu não deveria perder tempo. Devo encontrar você. Quando acho que não tenho mais opções, caminho pela estrada que leva para fora da cidade, em direção à rodovia. Aqui também há lojas e um punhado de pequenos restaurantes. Passo por um que está situado mais alto do que o resto, em uma plataforma elevada, com mesas e cadeiras ao ar livre.

Chama-se *Sun Moon Café* e acho que é o tipo de lugar que você gostaria.

Há alguém sentado do lado de fora, lendo. Parece com você. É você.

Eu grito de alívio. Você olha para mim e volta ao seu livro. "Que porra é essa", murmuro, enquanto subo as escadas correndo.

"Onde você estava?", digo. Percebo que é uma pergunta estúpida antes mesmo de você responder.

"Aqui."

"Por que você saiu assim?"

Você dá de ombros.

"Eu estava preocupado, cara."

Ouço você murmurar algo.

"É sobre a noite passada?"

"O que você acha?"

Eu odeio quando você faz isso. Volta a pergunta para mim. Estou apenas tentando descobrir qual é a porra do problema. Eu me importo o suficiente para fazer isso. Por que isso não é bom o suficiente? Eu respiro fundo, tentando manter a faísca de raiva sobre controle.

"Algo sobre a noite passada te chateou... mas eu não me lembro muito..."
Você grunhe, em riso, desdém.
"O quê, cara?"
"Tão conveniente."
"Bebemos muito..."
"Sim, bebemos. Só que mesmo assim isso não me fez jogar meus braços em volta de uma estranha loira."
"Eu estava mostrando a ela como dedilhar!"
"Oh, é assim que você chama, seu aspirante a estrela do rock?"
Fico impressionado, neste momento, sobre como sabemos precisamente como machucar aqueles que amamos.
Esse argumento não dura muito tempo. Principalmente porque acho que estamos exaustos, ou pelo menos eu estou. E, não importa o que aconteça, estou aliviado por ter encontrado você.

Voltamos para a cidade sem rio. Alguma coisa mudou. Estamos mais próximos, mas mais distantes. Isso não faz sentido, mas faz. Nossa briga revelou o quanto nos importamos um com o outro, mas feriu profundamente. Aqui estou eu, uma porra de um desastre contraditório. Olho para você para me sentir bem, mas percebo que se eu der a alguém esse poder, eles também podem me fazer sentir como um merda sobre mim mesmo. Você nunca mais diz "aspirante a estrela do rock", embora outras coisas prejudiciais sejam lançadas pela sala. Somos atiradores de facas em um circo. Traga os palhaços e o cachorrinho com um grande laço que pula através de aros. Às vezes, acho que sou todos eles reunidos em um.

É pior porque nunca te vi assim. De repente inquieta e reclamando o tempo todo sobre a cidade, teus colegas de apartamento, tua universidade. Você sente que é tudo um desperdício.

"Não é isso que estou destinada a fazer", você diz. E quando eu pergunto o que você quer, você não responde. Você não sabe, e acho que é isso que te incomoda. Não sei quando você vai se estressar de novo e por qual motivo.

Outra noite perguntei se poderia pegar emprestado alguns pratos para uma sessão de fotos na faculdade. Um projeto de vídeo para a aula.

"Não."

"São apenas alguns pratos, cara."

"Não", você gritou de volta, seus olhos se enchendo de lágrimas. "Você vai quebrá-los."

"É só uma porra de uma sessão de fotos", gritei de volta e saí, batendo a porta atrás de mim. Quando voltei, você estava na cama, as luzes estavam apagadas. Não sei se você estava dormindo, mas não falou nada.

Uma noite, estamos assistindo a um filme. Algo que foi exibido em sala de aula que eu gostaria de compartilhar com você. Fazemos isso com frequência. Você recomenda livros, que reconheço que não li, e trago filmes no meu disco rígido, roubados de amigos na universidade. Nos primeiros cinco minutos, logo após os créditos iniciais, estamos discutindo. Uma tomada de uma mulher deitada em uma cama de cueca, filmada por trás, e eu comento sobre o "olhar masculino" da câmera. É algo que nosso professor mencionou.

Você revira os olhos.

"O quê?"

"O filme é dirigido por uma mulher… então talvez isso seja de alguma forma subversivo."

Não terminamos de assistir ao filme.

Na noite em que quase bati em você, estávamos indo para um bar de blues que apresentava um show ao vivo. Estas são minhas noites favoritas na cidade. Na minha cidade, as ruas se recolhem às seis. Aqui, nada começa até mais tarde. Mesmo se eu não estiver tocando, nada me deixa mais feliz do que estar em um lugar onde alguém está. Você parece bem quando partimos. Pegamos minha moto e seguimos para o sul. Você parece bem até quando chegamos lá. Quando subimos as escadas e entramos em uma sala mal iluminada. Lá está o palco. O público, com bebidas na mão. A banda está se preparando. Checagem de som. O primeiro número. Eles são bons. Não são brilhantes, mas eu realmente não me importo. Você parece bem, mesmo quando encontra algumas pessoas que conhece e joga conversa fora. Até quando você toma um gole de sua bebida e balança a cabeça ao som da música.

Veja, é isso, eu não consigo dizer quando você não está bem. É uma mudança que leva segundos.

De repente, você está puxando minha manga dizendo que quer ir embora.

"Por quê?"

"Eu quero ir..."

"Mas eles acabaram de começar."

"Este lugar é horrível..."

"É tranquilo... eu quero ficar..."

"E eu não quero."

Continua assim, e a banda está realmente começando agora. Algo forte e azulado explode no ar. Estou começando a ficar irritado.

"Você fica", você diz, "Eu vou."

"Não", grito por cima da música. "Viemos juntos, iremos juntos."

"Isso é ridículo...", você começa a dizer quando eu saio. Só sei que você está me seguindo quando ouço seus pés pisarem atrás de mim na escada. Saímos pela noite. Você está dizendo algo, mas não consigo te ouvir com a minha raiva latejando. Sinto algo me atingir na lateral da cabeça.

"Que porra é essa?", eu grito, me virando. Você jogou uma revista em mim. Por um segundo, paro para me perguntar de onde você tirou isso. Estranhas, não são? As coisas que nos habitam mesmo em momentos como estes?

De volta ao seu apartamento, a discussão continua.

"Não foi nada de mais", você grita. "Você poderia ter ficado... eu poderia ter vindo embora."

"Fomos juntos, saímos juntos", grito de volta. Não sei por que, mas estou preso nesta linha. Essa ideia se tornou preciosa para mim. Somos barulhentos e tenho certeza de que as pessoas lá fora, lá embaixo, lá em cima, podem nos ouvir. Eu não dou a mínima. Gritamos um com o outro.

"Você jogou aquela revista em mim..."

"Porque você não iria parar e ouvir." Sua voz é estridente e penetrante. Eu não consigo suportar isso.

Parece que você está levantando sua mão contra mim. Então eu também levanto minha mão. Seus olhos se arregalam, sua boca se transforma em um silencioso "O" enquanto as palavras morrem em sua garganta de surpresa. E medo.

"Olha o que você me fez fazer", grito. "Olha o que você me fez fazer." Eu sou a pior e mais vil versão de mim mesmo. Desmorono como uma pilha de lixo. Sou um monte de lixo.

Com você, sou o melhor e o pior de mim.


Não é isso, no entanto, que nos separa.

Continuamos por semanas, meses. Mais de um ano. Dois. Em um casamento você fica chateada porque eu estou conversando por muito tempo, você diz, com alguma outra mulher.

Outra vez, você encontra uma troca de e-mail no meu laptop entre uma garota e eu, totalmente inocente em conteúdo, mas então por que não falei sobre ela? Na minha cidade, eu via açougueiros cortando carne e, às vezes, pedaços ficavam unidos porque o corte não estava limpo. Nós nos seguramos assim também. Infelizes juntos, mas e se ficarmos mais infelizes separados? Às vezes acho que ficaríamos. Porque, não importa o que aconteça, nós nos divertimos. Cantamos muito, comigo no violão. Uma garrafa de uísque. Você dançando na cama. Ainda dirigimos pela cidade à noite, tomamos sorvete e vamos a shows.

Mas, eventualmente, tudo isso não é suficiente.

Uma noite, depois de uma briga sobre nem lembro o quê, saio correndo do seu apartamento e vou para a casa do meu amigo passar a noite. Nós bebemos. Tem carne sendo assada. Nós provamos umas ervas das colinas. Um pouco antes do amanhecer, quando estou acordado em um quarto desconhecido, mando uma mensagem de texto. É um ato covarde, eu sei, mas talvez seja tudo que eu sou.

Eu digo que não posso mais fazer isso. Que acabou.

Você não responde. Não naquele momento. Talvez você nunca responda.

Eu fico olhando para a tela. A luz se apaga e finalmente morre na escuridão.

# O CUIDADOR

Você tem metade da minha idade, talvez seja mais jovem, mas eu te vejo e te quero.

Já senti isso antes, esse tipo de desejo. É cru e fácil, e instantaneamente reconhecível, como a fome, e tão descomplicado – da boca ao intestino. Com você, porém, tenho medo.

A esta hora da noite, pode ser o álcool. Quanto eu bebi? Sempre um além da conta. Na minha cabeça, aquela leveza familiar e o salão em que esta reunião está acontecendo adquiriram um certo brilho nebuloso.

Eu vejo você claramente quando entra na sala. Você fica indecisa por um momento, olha ao seu redor e caminha até onde a porta se abre para um pequeno gramado. Você para um pouco além do brilho da lareira. Por que você faria isso? É dezembro e está frio, e seu vestido – se é assim que pode ser chamado – não servirá muito para te manter aquecida. É uma mistura entre quimono e jaleco, com mangas que balançam como moinhos de vento. Na minha esposa pareceria um roupão excêntrico, mas em você fica bem, aquele toque dramático. Você parece ser uma mulher para quem sempre algo está para acontecer.

Eu observo você a distância, tomo um gole de meu uísque – tudo com um prazer sem pressa. Sou atraído pelo seu rosto. Aquele nariz, aquele arquear de sobrancelha, algo sobre seu queixo. Teu cabelo é comprido, mas deliciosamente penteado para longe do pescoço, preso no topo da cabeça. Você é agradavelmente – não visivelmente – alta. Quando criança, você deve ter sido estranha, desengonçada, tenho certeza disso, mas não agora, não mais. E se eu fosse um poeta, encontraria uma maneira de descrever o seu corpo como ele merece ser descrito. Tudo o que vem à mente é uma árvore, um cipreste, cujas folhas brilham à luz do sol.

Eu observo enquanto você olha para a lareira, seu rosto indecifrável. Está pensativa? Entediada? Entorpecida pelo que está ao seu redor? Pensando em atear fogo no lugar? No momento, ninguém se junta a você; você fica sozinha enquanto as pessoas ao teu redor fluem e refluem. Parece que você não conhece ninguém e ninguém mais conhece você. Nesse caso, por que você está aqui? Chego mais perto e sou abordado por conhecidos. É difícil não esbarrar com alguém que não conheço. É uma grande reunião, repleta de jornalistas gordos e escritores que caíram no esquecimento. Tudo bem, isso é injusto e falso. É um grupo bem culto; alguns que se conhecem há anos e se orgulham de seus contatos sociais perspicazes e boas intenções. Este é o lançamento de um livro ou outro, não tenho certeza. Mais como uma desculpa para todos nós nos reunirmos e bebermos álcool medianamente caro, olharmos os parceiros uns dos outros, verificar os novos jovens na cena. Você pode localizá-los a um quilômetro de distância. Eles estão ansiosos e sorriem muito e dizem coisas como, "Sim, sou um poeta".

Talvez você seja amiga de um desses jovens, pois, de alguma forma, você não parece exatamente… pertencer. Você parece – e eu não estou propenso a usar essa palavra – irreal. De repente, fico com medo de que você entre nas sombras do gramado e eu perca você de vista. Se eu não falar com você agora, se afastará do fogo e desaparecerá.

Então eu me aproximo e pergunto por que você não fica mais perto da lareira.

"É inútil."

"Evitar congelar até a morte?"

"Talvez. Só que é muito pior aquecer só as mãos, não acha? Ou suas – costas." Acho que você quase disse "bunda", mas talvez eu pareça digno (diga-se "velho"), e você ainda não bebeu vinho o suficiente. Além disso, por enquanto, somos estranhos.

"Eu prefiro sentir frio."

"Ou se aquecer por completo."

Isso soou barato? Tive o cuidado de dizer "se aquecer" em vez de "ser aquecida".

Você se volta para mim.

Seus olhos recaem sobre meu pescoço. Tenho certeza de que está pensando: "Meu Deus, ele usa ascote". Sempre achei que combinavam comigo; que uma gravata é um pouco plebeu demais. Embora, talvez para você, isso me faça parecer velho. Eu mal passei dos cinquenta, mas aos vinte e poucos isso deve parecer anos-luz de distância.

"Eu te conheço?", você diz, fixando seu olhar em mim.

Eu balanço minha cabeça, quase imperceptivelmente. De repente, me imagino passando a mão em volta da sua cintura, de preferência nua. É muito inapropriado.

"Isso é um vestido?", ouço-me dizer bestamente.

Normalmente não sou assim; é bem fácil, essa rotina bem ensaiada, exceto que talvez os outros não fossem tão jovens ou tão desconcertantes.

"O que quero dizer é… é uma roupa impressionante."

"Obrigada." Você levanta a mão e uma manga se abre como uma onda.

"Onde você mora?", pergunto.

"Lá." Em um apartamento que você divide com duas garotas.

"O que você faz?"

"Não muita coisa."

Eu gosto de você. Eu gosto mesmo de você.

Eu pergunto se você já se preocupou em fazer coisas chatas... como ir para a universidade.

Você foi e já terminou. Já se passaram vários anos. E se eu realmente quiser saber, você acrescenta, você acabou de sair do seu primeiro emprego. Uma temporada em uma editora.

"O que você quer fazer agora?", assim que pergunto isso, sinto como se tivesse caído, ainda mais, em sua avaliação.

Mas sua resposta vem rápida e simples: "Não sei".

Eu não posso deixar de rir. "Perdoe-me", digo, "mas eu não ouço isso há muito tempo. É o privilégio da juventude, a inveja dos velhos."

"Você não é – velho."

Eu levanto meu copo – "Você não é cruel" – e me afasto.

Eu passo o resto da noite esperando que talvez tenha funcionado.

Que em vez de demorar, como outros poderiam ter feito, para estender a conversa, era mais inteligente recuar, observar se você procura meu rosto do outro lado da sala, se lança olhares quando nos cruzamos. Só no final da noite, irei procurar por você novamente, eu decido – aparecerei casualmente ao seu lado, como que do nada. Segurando meu copo delicadamente à minha frente. (Acho que tenho os chamados dedos de pianista. Eles não sugerem habilidade e talento artístico? Uma certa sensibilidade poética?)

Em vez disso, você me encontra.

"Eu falei sério, você sabe."

"Sobre o quê?"

"Que você não é velho."

"Ajuda não ser lembrado do fato."

Você enrubesce ferozmente e pede desculpas.

"Eu estava brincando…"

"Não, eu não deveria."

Com o passar dos meses, aprenderei a te entender: que você pode se desculpar estranha e efusivamente com estranhos. Quando finalmente consigo convencê-la do contrário, ofereço-me para deixá-la em casa. "É pelo meu caminho…", acrescento: "E isso vai provar que não tenho ressentimentos."

No carro, ficamos em silêncio, ouvindo o zumbido suave do motor. Luzes brilham no para-brisa como chuvas de meteoros. A cidade é banhada pela névoa cinzenta e a desolação do inverno. Um avião faz seu caminho solitário pelo céu.

"Quando vou ver você de novo?", pergunto.

No ano que vem, na mesma festa.

"Bem, isso é um alívio."

Você ri.

Anseio por envolvê-la e beijá-la, e pressionar minha língua em sua boca.

É um mistério o que vou encontrar lá, mesmo para alguém que viveu tanto tempo e sente que viu tudo o que há para ver da vida terrena.

Quase chegamos, então eu insisto, gentilmente. Almoço? Bebidas?

Quando você hesita, imagino que terei que explicar.

Não há aliança de casamento. Eu a tirei há muito tempo. Não servia mais e eu deveria ter reajustado, mas nunca cheguei a fazer isso. Você é tão jovem, o que eu diria? Já foi difícil, às vezes, com os outros, quando se tocava no assunto da minha esposa. Amei-a? Foi um daqueles casamentos que se desfizeram na indiferença? Talvez, mas eu nunca a deixaria. Não ocupávamos quartos separados – nada tão clichê quanto isso –, mas vivíamos vidas cosmicamente separadas. Ela dirigia uma escola. Eu comandava uma revista. Já era assim há muito tempo. Algumas amantes partiram, desoladas. Algumas ficaram mais tempo, porque eu também era o segredo delas.

Paramos em frente ao seu portão.

"É um tanto complicado, não é?", digo.

"Por quê?", você tem uma maneira de dizer esta palavra que exige honestidade.

"Porque eu sou muito mais velho… e toda a coisa do casamento…", estou me atrapalhando agora, de nervosismo.

"Não me importo sobre você ser mais velho. Mas que coisa de casamento?"

"Eu sou casado", espero você sair do carro, zangada, enojada.

Em vez disso, você se inclina na minha direção e eu a beijo, rapidamente, como se eu estivesse voltando para respirar.

Começamos a nos encontrar em meu apartamento vago na cidade, quinze dias depois.

Os inquilinos foram embora e eu não encontrei ninguém para alugá-lo ainda.

"Acho que vou mantê-lo só para nós", digo a você. Gosto de ver você nos cômodos vazios, nus como estão, felina em seus movimentos pequenos e silenciosos. Você se encaixa em seus cantos e nichos, anda pelo chão com os pés descalços, deita no terraço sob o sol de inverno. Torna-se o seu espaço, mesmo que você não acrescente nada além da sua presença. Às vezes, flores, folhas que caíram na estrada e você pegou no caminho. E gatos, mas isso só depois de um tempo.

A primeira vez que saímos juntos, para um drinque em um bar, com pouca luz e discreto, pergunto por que aceitou sair comigo. Você toma um gole de seu vinho tinto – eu pedi uma garrafa de Nero d'Avola de corpo médio – e me olha no rosto. "Curiosidade."

Eu gosto de você. Eu realmente gosto.

Abaixo da suavidade, há brita. Percebo na sua boca, quando você não quer responder, na inclinação da cabeça. Até no tanto que você bebe. Estou surpreso que você me acompanhe, garrafa por garrafa. E então ainda mais depois que eu paro de beber…

Deve ser a juventude. Eles não sabem disso, mas os jovens bebem para morrer. Junto com a vida ardente, existe uma necessidade de se extinguir. Tem que ser. Não há outra explicação para esse hedonismo.

Naquela noite, meio que carrego você para casa, para o seu quarto.

"Uau, você é tão legal", comenta uma de suas colegas de apartamento. Só mais tarde percebo que ela deve ter pensado que eu era seu pai.

Na segunda vez que nos encontramos, levo você para ver um pouco de arte.

Arte popular como a chamam nesses círculos. O que venho colecionando nos últimos anos, minha mais nova fixação. (Embora possa ser você.) Eu a levo para a casa do agente, em um local tranquilo com árvores frondosas, e você anda atrás de mim como se tivesse feito isso centenas de vezes antes. Você para em cada pintura que nos acompanha escada abaixo até o porão. Apesar de toda a sua indiferença, você está hipnotizada por dois pavões, penas desenroladas, dançando.

"Lindo", você diz, "como pontilhismo".

Fico encantado.

Na "galeria", nós vagamos. Sou seguido por um assistente ansioso, você fica por conta própria. Eu gostaria de comprar uma pintura para você, é claro. Porque isso vai impressionar você, tenho certeza, e também porque não posso acreditar que você está aqui comigo, ao meu lado.

Quando eu sugiro isso, porém, você recua. Não, você diz, pegue algo para você. São caros, não posso aceitar. Eu não te escuto. Eu escolho um tigre, é vermelho e preto e rastejante, como o amor. Você anda até o carro com ele, em transe.

Enquanto voltamos, você se senta em silêncio, com o cotovelo na janela aberta, até que fique muito frio e você o enrole e coloque as mãos cuidadosamente no colo. É um gesto estranhamente comovente. Sinto uma necessidade irresistível de atraí-lo para perto.

Seguro sua mão e você deixa.

Na terceira vez em que nos encontramos, levo você de volta ao apartamento, depois de um jantar de alcachofras e nhoque feito com espinafre e caranguejos de casca mole. Que regalia. Pois a cidade sem rio também é uma cidade sem mar. Nós nos demoramos em nossas bebidas. Sinto que está extrovertida, que a noite não terminará com uma despedida casta.

Mesmo assim, no carro, pergunto se gostaria de ir para casa. "Não."

Nos beijamos assim que entramos pela porta do apartamento, numa sala onde os móveis, forrados com lençóis, são fantasmas. Você suspira quando nos separamos, seu rosto agora emoldurado por cabelos que caíram – eu não tinha percebido quando – sobre seus ombros. Coloco minhas mãos em sua cintura. É assim que deve ser, eu acho, segurar um punhado de juncos de rio. Naquela noite, nós nem mesmo chegamos ao quarto com a cama. Seguimos para o sofá, amplo e espaçoso, e tiro sua roupa no escuro. O único brilho vem de um poste de luz na rua, mas é o suficiente para ver a curva de seus ombros e seios, a linha de seu pescoço quando levanta a cabeça de prazer, o volume de suas coxas. Sua boca é macia e sensível. Isso me pega de surpresa. Comigo, você é amigável, mas cautelosa, mas seus beijos são ansiosos. Vou me lembrar de você por isso, sempre, que você é imensamente generosa. Aqui está tudo de mim, sua boca parece dizer, eu não me escondo.

Nos meses seguintes, entre as reuniões de trabalho, vou para o apartamento com a ansiedade e a alegria de um adolescente. Você tem a chave extra, e muitas vezes eu a encontro lá, sentada perto de uma das janelas que tomam toda a parede. Estamos no segundo andar e ao nosso redor há árvores. Você disse uma vez que era como estar em uma casa na árvore e posso ver por que você gostaria disso; secreto e isolado do mundo. Às vezes, eu trago guloseimas para você. Laranjas gordas, pistaches crocantes, *genmaicha* estrangeiro ou *mille-feuille* de uma padaria próxima. Vejo você comer, o suco escorrendo pelo queixo, o bolo descascando na sua mão. Então eu te beijo e provo o salgado e o doce.

Numa tarde quente e úmida, as janelas protegidas por lençóis, ficamos deitados na cama, o quarto quieto e silencioso. Passo os dedos pelas suas costas, a curva como a de uma jovem pomba, sua pele como penas.
"Foi bom?", pergunto. Sempre pergunto, porque estou inseguro de mim mesmo, nessa idade, agradando você.
Você acena que sim, mas não elabora, e eu me preocupo. Talvez seja meu estômago, não mais tão rígido quanto gosto de lembrar, ou minha pele, enrugando agora tão rápido quanto passas.

"Quando foi sua primeira vez?", pergunto antes de poder me conter. Tenho certeza de que não sou eu, mas de alguma forma desejo que sim.

Você me olha na cara.

Eu sou uma lua, uma metade escura, a outra iluminada pelo sol da tarde.

Você diz que perdeu a virgindade quando tinha nove anos.

Eu já ouvi essas histórias antes, tento não vacilar.

"Para um banquinho da cozinha."

Você não deveria me tomar por um idiota, eu digo, meio que rindo.

Você se apoia nos cotovelos. "Mas eu não estou. É a verdade."

Aconteceu durante o jantar, você explica. Você ficou de pé para repetir o prato, escorregou e a ponta de madeira se chocou com o centro de pernas.

Sua avó perguntou se você estava bem e você assentiu, apesar da dor desesperadora. Mais tarde, você descobriu sua calcinha manchada de vermelho. Você se escondeu no banheiro a noite toda; seus avós do lado de fora da porta, loucos de preocupação.

Quero perguntar por que você dificilmente, ou nunca, menciona seus pais, mas talvez agora não seja o momento.

Em vez disso, viro para você, meu rosto agora totalmente na escuridão.

"Eu poderia ter morrido."

"Não, minha boba." Eu acaricio a suavidade de sua bochecha, os cantos de sua boca, gordas como frutas. Juventude brilhando à luz do sol. "Você vai viver para sempre."

Uma semana depois, você traz os gatos.

Um ruivo pálido com olhos de âmbar calorosos e uma listrada como um tigre cinza escuro com olhos verde-folha. Você diz que os encontrou abandonados em uma mala na beira da estrada. Uma das garotas com quem você divide o apartamento é alérgica a pelos e você não tem outro lugar para levá-los. Você se senta no chão do apartamento, encantada, enquanto eles giram, enroscando-se em seus tornozelos. Eu observo indulgente, como faria com uma criança. É óbvio, não é? Você é jovem o suficiente para ser minha filha, e não me incomoda, tanto quanto às vezes me faz sentir... paternal em relação a você. É estranho; uma filha que é amante, uma amante que é filha. Cujos seios eu chupo. Que se move em cima de mim, até estremecer e ficar imóvel. Quando penso nessas coisas, quero estar em você. Eu me pergunto se você pensa nessas coisas também, se, mesmo para você, existe essa estranheza, uma dualidade, secreta e proibida.

Com os gatos lá, você passa a noite mais vezes, às vezes sem voltar para seu apartamento por dias. Encontro roupas espalhadas no armário, uma escova de dente no banheiro, sachês de xampu, roupa íntima secando em um varal na varanda. Se eu tiver um dia exaustivo no trabalho, vou para o apartamento e vamos adormecer na cama, eu segurando você. Apertado, apertado. Porque eu sei que, não importa o quanto eu finja, isso não vai, não pode durar. Como poderia? Eu, velho e apegado, e você como você é. Você detém muito poder na palma da sua mão para se afastar disso sempre que desejar. Enquanto eu observo a bolha, e tento mais que tudo, apenas na oração, mantê-la flutuando.

Durante todo aquele inverno, passei mais tempo no apartamento do que em casa. Está frio na cidade sem rio. Os dias são breves, as noites longas. Trago xales e cobertores e nos sentamos como crianças ao redor do aquecedor, implorando para nos manter aquecidos. Eu não conhecia, há muito tempo, tal... informalidade. Você coloca seus pés com meia no meu peito, entre as minhas pernas, nas minhas costas. Enquanto faço o meu melhor para lhe despir. Não quero apenas ver a sua pele, mas também se você está intacta, se a mancha vermelha na sua barriga, do lado direito, ainda está lá, aquela nas suas costas, perfeitamente posicionada entre as suas omoplatas, não mudou.

"Está congelando... o que você está fazendo?", você vai perguntar, meio rindo.

"Verificando que ainda é você."

E você vai ficar perfeitamente séria quando disser: "Sou sempre eu, seu tolo".

Como pode alguém, penso, quando olho para você, deitada sob mim, ser tão jovem?

Não, essa não é a palavra. Vivaz. Sim, vivaz.

Suponho que tudo o que tenho notado há anos é o corpo humano precisando de reparos.

E você, você é perfeita.

"Você já fez uma operação?", pergunto uma vez.

Você balança a cabeça.

"Nada? Nem uma apendicectomia... amígdalas?"

Em seu corpo, você diz, nem um ponto. Você se arranhou e se machucou, é claro – na palma da mão, a cicatriz da mordida delicada de um cachorro de estimação; no joelho, uma ferida antiga que infeccionou –, mas nunca foi cortada por um bisturi. Nunca precisou de uma agulha com linha para manter a carne unida. Silenciosamente, espero que sempre fique assim, que permaneça intacta.

Num final de tarde, encontro você vagando pela rua em frente ao apartamento.

"China", você diz, "China se foi."

Demoro um momento para lembrar que é assim que você nomeou o gato ruivo. (O listrado se chama Índia.) China escalou até a sacada, avistou um pássaro e, incapaz de resistir, saltou sobre a abertura, caiu na sacada abaixo e disparou de volta para a estrada assustada. Você assistiu tudo isso acontecer, impotente, e então correu escada abaixo, gritando o nome dele. Quando eu te encontro, você já deu cerca de vinte voltas. China ainda não está à vista. Você não está, como seria de se esperar, apoplética ou histérica, apenas profundamente inquieta, incapaz de se sentar ou ficar parada. Junto-me na busca. Nós dois, para quem quer que esteja assistindo, pai e filha procurando nosso animal de estimação perdido.

"Ele deve estar assustado e se escondendo", eu digo a você. "Ele vai voltar mais tarde."

Mas ele não volta, não naquela noite ou na próxima.

Você deixa as janelas abertas; o apartamento fica tão frio que dormimos com nossos casacos. Você coloca pratos de comida de gato na varanda. "Mas como ele vai subir?" Você agoniza. E você quer voltar às ruas. No começo, eu te acompanho, exausto, no meio da noite. Então eu tento fazer você ver que não adianta. Quando China desaparece, percebo que não existe um corpo sem cicatrizes.

Você para de sair para procurá-lo, mas ainda mantém as janelas abertas. Uma manhã, acordamos e descobrimos que Índia também se foi. Tínhamos deixado a porta do quarto entreaberta e ele deve ter escapado silenciosamente enquanto dormíamos.

Então você chora e não para. Só presenciei essa dor em funerais.

Depois disso, sinto um distanciamento, como se você me considerasse responsável. Eu sabia que isso estava prestes a acontecer, realmente inevitável se você olhar para a nossa situação. Não há nada que eu possa fazer. Não há nada que eu possa fazer o suficiente.

"Por que não compramos outro gato?", pergunto uma vez, e você me olha como se eu estivesse louco.

Antes do desaparecimento de China e Índia, você me permitiria abraçá-la quando passasse a noite. Agora, há um espaço entre nós na cama, raramente com uma ponte. Quando há, eu acaricio seu cabelo. Seu dorso, curvando-se como uma colina. Uma noite, eu digo que você vai superar esses abandonos, e então, porque me sinto na obrigação de ser honesto, acrescento que eles podem acontecer novamente.

"O que você quer dizer?", você pergunta, seu hálito quente no meu pescoço.

"Nada."

"Me diz."

Eu já me arrependo. Quem sou eu para te avisar sobre essas coisas? Alguém pode ser avisado?

Só que, eu reitero, pode acontecer de novo, e que ficaria surpresa com o que as pessoas fazem para não se sentirem abandonadas ou para abandonar.

Por um longo tempo, você fica em silêncio. Então diz: "Eu sei".

Quero rir e dizer, você não é muito jovem para saber?, mas há uma expressão em seu rosto que me impede. Espero que você fale, e você o faz, lentamente, com hesitação. "Eu estive com um cara uma vez... e foi horrível no final..."

"Por quê?"

"Brigávamos… o tempo todo… mas ficamos juntos apesar de tudo… provavelmente por esse motivo…"
"É a coisa mais difícil", eu digo, "pôr um fim nas coisas."
"E você?"
Nunca falamos do meu casamento antes.
"Mesmo que já tenha estado com outras pessoas, por que ainda continua casado?"
Não tenho nada a dizer a não ser essa coisa lamentável. "Não sou o tipo de pessoa que vai embora."
E você se deita, olhando para o teto branco, e diz que entende. Fico em silêncio por um tempo, e pergunto: "Por que você ficou com esse… cara… mesmo que você não estivesse feliz?".
Você concorda. Ele também não estava, você explica, mas pelo menos ele soube quando foi o bastante, quando a infelicidade era demais, já tinha durado demais. "Eu não", você diz. "Parece que nunca sei."
E desejo dizer que vai aprender, mas como posso, se também não sei nada sobre esse assunto?

Isso explica por que só terminamos por você sair da cidade, do país.
Durante todo esse tempo, você se inscreveu para obter um diploma no exterior, para um punhado de universidades. Reunindo documentos e recomendações, escrevendo declarações de intenção e as enviando por correio especial. Meses depois, as cartas de aceitação (e uma de rejeição) começam a chegar. Você faz sua escolha. Esta, declara. Agora, está indo para casa por um tempo, e depois partindo para a cidade com um rio. Meu ano com você chegou ao fim. Não falamos sobre isso, por incrível que pareça, talvez porque sempre soubemos que isso tinha que acabar.

Na noite anterior à sua partida, pedimos comida e jantamos perto do aquecedor que não precisa mais ser ligado. Recuamos para o sofá, como fizemos em nossa primeira noite juntos. O único brilho vem de um poste de luz na rua, mas é o suficiente para ver a curva de seus ombros e seios, a linha de seu pescoço quando levanta a cabeça de prazer, o volume de suas coxas. Você ainda me beija intensamente, como se durante toda a sua vida não fosse beijar mais ninguém no mundo. E por esses momentos, me sinto amado. Eu espero que você também.

Quando volto ao apartamento alguns dias depois, ele está vazio. As salas não exibem nenhuma evidência de sua presença; suas roupas se foram, os sachês de xampu vazios. Não esperava encontrar você lá. Eu recoloco os lençóis sobre os móveis. Eu me movo entre eles como um fantasma.

# A AGENTE FUNERÁRIA

Noto seus joelhos primeiro, meu amor.
 Nos encontramos na cozinha um dia depois de termos todos nos mudado. A cozinha que seis de nós compartilhamos, alunos de diferentes cantos do mundo. Tenho uma queda por todos eles. Bem, todas as mulheres. O homem, norueguês, acho que ele disse, não gosto muito. Ele tem aquele ar arrogante de garoto branco que tenho certeza de que irei detestar. Também é muito alegre, o que é irritante. O quarto oposto ao meu é ocupado por uma cambojana-americana. É adorável, com um rosto suave como uma lua cheia, sobrancelhas grossas, lábios carnudos e bonitos. É muito jovem e uma estudante de intercâmbio, o que significa que ficará aqui apenas alguns meses. O próximo conjunto de quartos está ocupado pelo norueguês e uma alemã com o cabelo mais loiro que eu já vi e os olhos mais azuis. Ela é um clichê ariano ambulante, mas muito agradável. Tem namorado, eu acho. Ele sai do quarto dela todas as manhãs. Mais perto da porta da entrada principal fica uma estudante japonesa com cabelos lisos e longos como uma cachoeira escura e, na frente dela, você, que também é bonita, mas, como disse, noto primeiro seus joelhos.

Estou preparando o jantar, pimentões recheados com arroz e carne, e você entra com uma taça de vinho na mão. Está vazia e você a completa com uma garrafa no armário. Generosamente. Até o topo, como se estivesse servindo suco. Já gosto de você.

Você está vestindo uma camisa longa e de botões que cai no meio da coxa. Você não é magra, mas suas pernas são finas e seus joelhos marcados e bem formados.

"Oi", você diz, e sua primeira pergunta é: "Quer um pouco?". Você estende a garrafa de vinho.

"Por que não?"

Sentamos à mesa de jantar, se é que pode ser chamada assim. Uma engenhoca feia de metal e madeira processada que provavelmente já viu muitas festas de estudantes e pouca limpeza. Mas fica perto da janela, e esta cidade com um rio nos oferece uma vista de uma torre do relógio a distância, e telhados pontiagudos e luzes brilhantes.

Você me diz seu nome, eu digo o meu.

Você diz que nunca ouviu ele antes, que é lindo. Te digo que minha mãe que escolheu, e que significa nostalgia, porque lá em casa é para o que todos nascemos.

Quando brindamos, olhamos nos olhos uma da outra. Eu me pergunto se você já beijou uma garota antes.

"O que você estuda?", pergunto.

"Literatura Comparada. E você?"

Digo que agora sou uma arquivista comunitária. Era advogada, mas me aposentei não faz muito tempo.

Nas primeiras semanas, nos encontramos assim, casualmente na cozinha, mas cada vez ficamos mais para conversar. Conto histórias engraçadas sobre um barman com dreadlocks com quem saí. Você ri e ouve atentamente, mas não oferece nenhuma história em troca.

"Você tem namorado?", finalmente pergunto. "Namorada?", acrescento casualmente. Você está sentada na bancada da cozinha, com as pernas balançando. Estou assando cordeiro no forno.

"Nenhum dos dois."

"Mas também não se importaria se surgisse um dos dois?", brinco, cutucando a carne com um espeto. Ainda não está pronta, posso dizer mesmo sem fazer isso, mas me dá uma desculpa para me curvar e não ver seu rosto.

"Nem um pouco." Mas o tom da sua voz é leve e arejado. Você poderia estar brincando.

Uma noite, você bate na minha porta. Eu abro, encantada. Você fica lá, sem saber se deve entrar. Nossos quartos são tão pequenos que mais de uma pessoa neles inevitavelmente faz parecer uma intrusão. Está se perguntando se eu poderia ajudá-la a recarregar seu cartão de lavanderia no meu laptop. Não está dando certo no seu.

"Aqui", você me dá uma nota de dez libras.

"Habibi", digo, "primeiro, entre. Nunca devemos resolver questões financeiras assim…"

Meu quarto é arrumado, talvez um pouco esparso. Seus olhos voam rapidamente e então se fixam em mim. A gente resolve a recarga e, dizendo que tem que cuidar da roupa, você vai embora.

Outra noite, encorajada, bato à sua porta.

Ao contrário de mim, você realmente tornou o quarto seu. O grande quadro de cortiça (o meu está vazio) está lotado com cartões postais e pôsteres. Uma série de luzes de flores delineia o quadro. Do detector de fumaça, caem cordões com palavras. Há uma pintura de um tigre no canto, vermelho e preto. E ao lado da sua cama você colocou uma luminária. É a única luz acesa e emite um brilho suave. Estou apaixonada. É como entrar em um mundo incrivelmente belo, e você criou tudo com suas próprias mãos.

Você está na cama, enrolada, lendo *Bonjour Tristesse*, quando eu entro.

"*Mon petit cheri*… para você só há alegria."

"Você tem que ler isso", diz, sentando-se. "Te dou quando terminar." Me pede para sentar. Não tenho certeza se devo sentar na beira da cama ou na cadeira.

Puxo a cadeira.

"Para você também há apenas alegria…", diz meu nome suavemente. Com ternura, gosto de imaginar. De repente, quase choro.

Você é rápida em perceber. "Você está bem?"

Eu confirmo e sorrio.

Depois disso, venho ao seu quarto com frequência. Às vezes, sentamos em silêncio, lendo, fazendo trabalhos. Às vezes, conversamos. Compartilhamos coisas que eu gostaria de pensar que nunca compartilhamos com ninguém antes. Você pergunta se sou próxima dos meus pais. Eu sou. E você? Não é. A princípio, acho que não fala sobre isso com muita dificuldade, mas percebo que quando me fala sobre eles, parece quase ensaiado. Como um discurso que preparou em sua cabeça. "Cresci longe deles… eles eram pais em meio período, se é que existe tal coisa… não importa, é claro. Eu os amo e tudo mais… mas acho que não os conheço. E nem eles me conhecem." Quero perguntar se isso a incomoda, mas, depois disso, você parece se calar. Outras vezes, falamos sobre amores passados. Descobrimos que ambas estivemos com alguém que era casado. Com alguém que simplesmente não tínhamos coragem de deixar, apesar de todo bom senso.

Nenhuma de nós teve casos de uma noite. Ainda.

Portanto, fazemos um pacto amoroso. Antes que nosso ano aqui acabe, nós prometemos, rindo. Quase fiz isso uma vez, te digo. Fui para casa com esse sul-africano, para sua casa bem ao sul do rio, mas recuei e deixei seu apartamento no meio da noite. Ele não gostou e nunca mais me ligou.

"Por que você mudou de ideia?", você pergunta.

Sinceramente, digo que não sei.

Eu te conto sobre todos, exceto meu último amor. É muito cedo para falar dele.

Frequentemente, nos aventuramos a ir a um café e trabalhar em um canto. Pintamos uma imagem bonita juntas, eu acho. Nossas cabeças escuras se inclinam sobre anotações e livros. Eu uso óculos. Você não. Nos vestimos de maneira semelhante, com jeans, botas, suéteres grossos e pesados e jaquetas acolchoadas para nos proteger do frio. Percebo que você gosta de chapéus. Eu fumo. Você não, mas ocasionalmente dá uma tragada. Você gosta de gatos. Eu não. Uma vez, quando estamos a caminho do café, você está estranhamente quieta. Eu pergunto se está tudo bem. Espero que diga que está lutando com prazos ou com um trabalho, mas não tem nada a ver com a universidade.

"É muito bobo...", começa. E percebo que não é.

"Recebi um e-mail... desse cara... um de muitos, na verdade..."

"Muitos caras?"

Você ri. "Não, e-mails."

Eu digo que há apenas uma razão pela qual as pessoas ainda escrevem e-mails. Além de trabalho, claro.

"Qual é?"

"Para terminar com alguém."

"Ou tentar fazer as pazes?"

"Qual é?"

O último, você diz. "É tão estranho... porque foi ele que terminou comigo... Eu te disse, lembra? E agora de repente isso..."

"Ele disse isso de forma direta?"

"Bastante."

"É esse o cara que você não teve coragem de deixar?"

Você confirma. Eu estudo seu rosto, mas às vezes você consegue ser impassível.

Estamos no Café e pedimos o de costume: um café grande e preto para mim, cappuccino para você e um muffin de amêndoa e cereja para compartilhar. Enquanto descemos as escadas para nosso lugar de costume, eu pergunto: "Como ele é?".

"Apaixonado."

"Ainda gosta dele?"

Você leva um momento para responder. "Não penso nele há muito tempo... não sei por que ele faria isso..."

"O que exatamente o e-mail dele dizia?"

"Que ele sente minha falta... e tem se perguntado o que estou fazendo... e que ele acha que cometeu um erro... e que gostaria de me encontrar, mesmo que seja apenas pelos velhos tempos..."

Bebo meu café. Não é tão forte quanto gosto, mas vai servir. "E o que vai fazer?"

Você, de repente, parece abatida. "Não sei... por enquanto, acho, nada..."

"A questão mais importante, porém, é..."

"O quê?", você parece absolutamente séria.

"O sexo foi bom?"

Depois disso, não conseguimos parar de rir.

Uma noite, bato à sua porta porque quero contar-lhe sobre o meu amante morto, mas você não está. E da próxima vez, quando estou no seu quarto porque me convidou para assistir a um vídeo engraçado, não parece muito apropriado. Como dizer, "Ele morreu, sabe", enquanto rimos sobre um panda se comportando mal em um zoológico.

Acontece que eu te conto na cozinha. Quando algo que o menino branco disse me incomodou. Um comentário machista e racista que me dá vontade de atravessar a cara dele pela janela. Em vez disso, eu lavo meus pratos com violência, a água derramando pelas bordas da pia, respingando no chão. Um copo escorrega da minha mão, atinge a borda e se quebra.

"Foda-se...", eu praguejo.

"O que aconteceu?", você aparece atrás de mim.

"Eu vou matá-lo, aquele... aquele pedaço de..."

"Merda?", você oferece prestativamente. "O que ele disse?"

Que ele sempre quis convidar uma mulher árabe para um encontro, mas está preocupado por não ser rico o suficiente.

Você fica em silêncio, mas posso ver a raiva em seus olhos. Seus dedos apertam a borda da mesa, os nós dos dedos brancos. Então, finalmente, com uma voz que é anormalmente alegre, diz: "Devemos ir ao pub e discutir maneiras de se vingar? Ou devemos apenas ir ao pub de qualquer maneira, porque ele não vale nosso tempo ou energia." Você se aproxima. "Ele nem vale a pena nossa raiva."

Eu posso ver o que está tentando fazer, para desviar e distrair, porque às vezes o encontro com algo tão distorcido e arraigado não merece muito mais do que uma risada desdenhosa. Mas esta noite, eu não consigo. Estou chateada, tenho chorado no meu quarto. Já se passaram três meses, e o dia que marcou seu aniversário de morte não foi celebrado. Passou como todos os outros dias e, eu percebi, assim como todos os outros. Não posso suportar, simplesmente não posso.

"Eu não estaria assim se... se...", e quase choro. "Ele não tivesse morrido."

Você não compreende, é claro. Quem morreu, quem ele é, era ou o que ele significa para mim.

Digo-lhe que era fotógrafo e que o conheci na casa de um amigo escritor na minha cidade. Era alto, com um lindo sorriso. Eu saía furtivamente para vê-lo na hora do almoço na ONG em que trabalhava, na velha cidade. Éramos muito diferentes – ele era extrovertido e tinha mil amigos, enquanto eu podia contar os meus mais próximos em uma mão –, mas de alguma forma funcionou. Ele gostou da minha quietude, ele me disse, e eu adorei sua alegria, sua capacidade de enfrentar cada dia com o mesmo entusiasmo incansável que o anterior. Parecia ilimitado. Mas houve momentos em que estávamos fora de sincronia, a energia dele e a minha. A última vez que o vi, nós brigamos.

"Por quê?"

Por causa de alguma coisa boba sobre sair para encontrar amigos, em uma festa ou outra. Saí de sua casa, embora ele tenha vindo até a porta da frente, chamando por mim, dizendo que estava tudo bem, que poderíamos ficar em casa. E normalmente eu cedia e voltava, mas naquela noite continuei até chegar em casa. Provavelmente era um domingo e eu estaria ocupada no trabalho no dia seguinte. Ele não ligou. Eu não liguei.

O que eu lembro é de receber a notícia e não acreditar em nada. Foi seu coração, eles disseram.

Seu coração? Era grande, forte e infinito. Eu coloquei minha cabeça em seu peito e ouvi muitas vezes. O baque dele contra meu ouvido, sua percussão dupla. Fiquei sem acreditar até que o vi deitado em uma caixa.

O único som na cozinha é o gotejamento da torneira atrás de mim. Abandonei os pratos, o vidro quebrado. Minhas mãos estão cobertas de espuma de sabão e escorregadias.

"Ele era mais velho do que eu, mas muito jovem para estar morto."

"Sinto muito", ouço você murmurar. "Eu sinto muito."

As luzes da cozinha são brancas e fortes, como em um hospital. Eu pergunto se podemos conversar em outro lugar; vamos para o seu quarto. Caminhamos em silêncio, uma procissão fúnebre. Sentamos em sua cama. Apesar do frio, a janela está aberta e sopra uma brisa do rio.

"Você sabe o que é mais estranho?"

Você me observa sem dizer uma palavra.

"Que eu conseguia me lembrar da sensação de sua pele, o calor... não conseguia parar de pensar no tempo que passamos juntos... não nas ruas, ou em restaurantes e clubes, mas na cama. Porque suponho que era a coisa mais física, mais viva... e se foi. Você já teve um amor que morreu?"

Você balança a cabeça. "Deve ser mais difícil perder alguém assim."

"Isso é o que você pensaria, não? Que essa pessoa para sempre... se foi. Saiu de sua vida da maneira mais permanente possível. Mas eu sinto... ou pelo menos acredito que é mais difícil saber que a pessoa com quem você não está mais se encontra em algum lugar rindo, comendo, dormindo... fazendo todas essas coisas mundanas e continuando com a vida. Talvez para mim isso também seja um consolo. O choque de perder... claro que é mais difícil quando eles morrem. Mas você sabe, egoisticamente, nunca serão de outra pessoa, exceto seus." Eu tento e sorrio, mas deve sair parecendo horrível, porque você se vira e pega minha mão.

No começo, eu não te conto tudo.

Que, por meses, após a morte dele, eu costumava acordar à noite tremendo.

Que, em casa, antes de me mudar para cá, eu passava pela casa dele todas as noites, embora não fosse no meu caminho de volta do trabalho. Que costumava ir ao túmulo dele e colocar a palma da mão no chão, como costumava fazer em seu peito.

Sou grata por estar longe, por estar presa a um novo lugar, por estudar, mas há coisas que você sempre carrega consigo. À noite, para mim, nunca mais será a mesma. Tornou-se um período no qual você pode perder o inimaginável. Ainda acordo tremendo, e muitas vezes sonho que estou vendo-o partir, num ônibus, um trem, que estou sendo abandonada.

Mas você tem um jeito de tirar as coisas de mim sem pedir muito, pois isso seria como se aproximar de um pássaro com pressa e espantá-lo. Em vez disso, encontro coisas deixadas do lado de fora da minha porta – um chocolate em forma de ovo, um recorte sobre a árvore mais antiga do mundo, um cartão postal de algum lugar à beira-mar, um pássaro de origami branco. Estou secretamente satisfeita em ver que você não se dá ao trabalho de fazer isso por nenhum dos outros.

Aos poucos, vou te conhecendo melhor também.

Eu sei que você é gentil, meu amor, mas propensa a momentos de estranha quietude. Quando ninguém, por mais próximo que seja, é bem-vindo. Uma vez, descobri por mim mesma, quando bati à sua porta e você a abriu como se fosse para um estranho.

"Sim?"

Não sabia como responder, nem o que perguntar. "Sou eu", tive vontade de dizer. Não que você não tenha falado comigo, mas o fez com tanta relutância que eu me afastei.

Você é corajosa.

Vou me lembrar de muitas coisas sobre você, mas disso em particular.

Estávamos passeando uma tarde, e um cão robusto na calçada, cujo dono mal conseguia controlá-lo, latiu e esticou a coleira para mim. Ele quase agarrou minha perna, mas você se colocou entre nós, acenando com sua bolsa para a besta.

"Shoooooh...", você gritou, "Shoooohhhh..."

E ao invés de ficar assustada, eu observei você, a expressão em seu rosto, atenta, furiosa, acenando um círculo mágico de proteção ao nosso redor. O cachorro latiu para você, mas você não vacilou. Então ele recuou, o dono o arrastou para longe, desculpando-se profusamente.

"Obrigada", eu disse.

"Pelo quê?", você jogou o cabelo de lado e continuou andando.

Você é alta, mas eu sou um pouco mais alta, e você é mais esguia do que eu.

Suponho que alguns possam considerar isso uma coisa pequena, mas naquele momento, quando você se colocou entre mim e o cachorro, senti como se nada pudesse me machucar ou me tocar, nem mesmo a morte.

Estou apaixonada por você por meio da mais profunda e sincera amizade.

Faz sentido? Para mim, sim.

Ficamos sentadas por longas horas até tarde da noite em seu quarto, conversando. Conto histórias sobre minha casa, como foi tomada, mutilada. Venho, digo, de uma das partes mais problemáticas do mundo, onde é mais fácil viver com ódio e suspeita do que amar. É difícil amar sob subjugação. Cada pedacinho de ternura é um milagre. E meu fotógrafo, com sua risada fácil, ajudou a me lembrar do que poderia ser normal. "Agora ele também se foi." É impossível que algo tenro sobreviva. Você escuta com seu coração. Você também é boa nisso. Generosa, prestativa. Às vezes estendendo a mão para tocar minha mão, meu ombro. Nunca antes, diz, você pensou sobre tudo que não dá o devido valor. Uma vez, você colocou a palma da mão na minha bochecha. Estamos perto o suficiente para nos beijar. Mas você se deita, encostada no travesseiro, fechando os olhos.

"Você é linda."

Você me olha. "E você. E você."

Um dia decidimos ir para o norte da cidade, para uma charneca, como ouvimos, que se estende por quilômetros e quilômetros. Pegamos o metrô. Conforme descemos na escada rolante, observamos os anúncios de publicidade passarem por nós. Um novo musical em *West End*, uma exposição sobre a família real, seguro de vida, lingerie.

"Ela é linda", eu digo sobre a mulher na foto. Ela está usando calcinha e sutiã roxo rendado. Curvilínea e macia, cheia de plenitude.

Você concorda.

"Você gostaria de transar com ela?", eu pergunto.

Você se inclina mais perto. "Muitas e muitas vezes."

Outros diriam que você gosta de provocar, mas eu gosto muito de você. Muitas vezes, acho que é preferível essa antecipação constante. Estar perpetuamente no limite do prazer.

Talvez seja a única maneira de retê-la. Ame. Para nunca fazer acontecer. Amar, caso contrário, é sempre perder. E não é verdade? Aquele beijo imaginário vale mil beijos reais.

Digo isso também para me consolar.


Na charneca, em campo aberto, encontramos uma cadeira e uma mesa gigantes.

É de madeira e assoma sobre nós, alto como um edifício.

As pessoas estão jogando futebol entre as pernas e fazendo piqueniques à sua sombra.

"É uma obra de arte", você me diz.

"Significando o quê?"

"O que você desejar." Hoje em dia, você acrescenta, tudo é não essencialista.

Nós a circulamos inúmeras vezes e, a cada vez, ela muda. Primeiro, ela simboliza toda a literatura. Tudo já escrito, coletado, elevando-se acima de nós no céu. Então é a mesa de trabalho de um gigante. Uma nave alienígena mal projetada. Presente de Dia dos Pais de Jesus estilo faça você mesmo. Rimos até que as pessoas ao nosso redor nos encaram. Por um segundo, quero segurar seu rosto entre minhas mãos e esmagar minha boca na sua. Seus dedos roçam os meus, se entrelaçam e você não os solta.

"Quem vai me fazer rir", você pergunta, "quando você se for?"

Nossos programas de um ano terminam em três meses. Irei para casa. O pedaço de papel no meu passaporte exige isso.

"Você também vai?"

Você acena que sim. Mas primeiro você ficará no campo por um tempo, com alguns amigos que conhece de casa. Mas não estou interessada nisso. Me importo apenas com o tempo que passamos juntas.

"Temos um verão."

"Você tem um verão para me fazer rir."

E um verão pode ser uma vida inteira.

Caminhamos por um caminho que nos leva para a floresta. É mais escuro aqui e mais frio. O ar muda. É mais pesado e úmido, como algo antigo. As árvores estão paradas, como em uma pintura. As folhas sob nossos pés se esmagam e deslizam na lama. Logo, chegamos a uma clareira que é toda nossa. Sentamos em um banco, dedicado à saúde em memória de alguém chamada Diana, "que amou aqui". Podemos ver o céu. Está escurecendo, mas claro, ainda tingido com o azul do dia há muito perdido.

"Você já respondeu àquele e-mail?", pergunto.

Você diz que sim.

"O que você escreveu?"

"Bem... eu disse a ele antes de tudo que estava viajando..."

"E você vai encontrá-lo quando voltar?"

"Talvez..."

Conto sobre um meme da internet que vi que dizia que voltar a namorar com um ex é como reutilizar uma calcinha velha depois de um banho. Nós rimos. Então nos sentamos em silêncio enquanto o crepúsculo se instala ao nosso redor.

"Olhe", você diz, apontando para o céu.

A distância, há um grupo de pássaros, cerca de cem ou mais. Eles caem e sobem, mudando a formação em ondas como a água. Seguindo um padrão invisível e secreto conhecido apenas por eles e suas asas. Nós os observamos girando e voando, jogando e seguindo. É infinitamente fascinante.

"O que são eles?", pergunto. Nunca vi tal coisa, tais criaturas.

Eles são estorninhos, você diz, e tem certeza de que são as almas dos mortos.

Minha voz está presa na minha garganta. Eu gostaria de pensar que isso é verdade.

Que todos os mortos do mundo renascem em criaturas voadoras.

# O PROFESSOR

Estamos falando de atum à mesa.

Acho ridículo que exista pesca sustentável. É por isso que temos fazendas, explico. Fazendas de atum, ou como quer que sejam chamadas. A pesca sustentável é um rótulo que eles colam para poder cobrar cinco vezes o preço.

Você está lívida.

"Esse não é o ponto", diz.

"Então qual é?", pergunto. Gosto bastante de como você parece irritada.

Disseram-me que há um quadro maior que estou ignorando.

Acho que há uma insinuação silenciosa de que sou estúpido. (Ficou magoado. Sou o mais novo aqui, mas sei que não sou estúpido.)

Pescar de forma sustentável significaria menos dependência ou exigência de fazendas de peixes, você continua. Por que isso é importante, não consigo entender, mas permito que continue. Gosto do som da sua voz, especialmente quando está cheia de raiva.

Você soa seca e nítida, e seu tom se aprofunda. Você não fala muito de toda forma; esta é a única vez que ouvi você falar por algum tempo. Desde que fomos apresentados há alguns dias, eu falei a maior parte do tempo.

Já te disse como sempre passo minhas férias de meio de ano nesta casa, que pertence a esses seus amigos, porque minha mãe está longe, no, já ultrapassado, leste do continente. Além disso, não é muito divertido ir para casa. Essa parte do mundo é monótona e cinzenta, e não estou falando apenas sobre o tempo. Gosto de ficar aqui. Seus amigos são bons comigo; eles me deram o sótão e eu posso fazer o que quiser. Posso ligar o rádio ou ler em voz alta enquanto estou estudando. Embora eu ache que isso te incomoda. Você está na sala logo abaixo da minha, e você não senta lá e lê mais, eu percebi.

Você me disse que estava terminando sua pós-graduação. Eu disse que estava terminando a escola ("Sério?", você pensou que eu era mais velho, o que me agradou) e tinha acabado de me inscrever em uma das universidades mais antigas do mundo.

"Para estudar o quê?", você perguntou.

"Física."

Não sei por que, mas você não me fez mais perguntas depois disso.

Deixe-me dizer que nunca tive tempo para meninas antes. Eu frequento uma escola só para meninos, trabalho muito, odeio esportes e televisão. Meu pai foi embora quando eu tinha oito anos, minha mãe é paranóica (liga todos os dias às 8h00 e às 20h00). Muito pouco fez sentido para mim, exceto a física e os princípios básicos que governam o mundo físico ao nosso redor. Momentum, forças, movimento, energia. Tudo pode ser explicado. Eventualmente.

Até isso, o que sinto por você.

No começo, nada. Você entra com sua bolsa no meio da tarde. Estou ouvindo rádio na sala e quase não te noto. Esta casa é o que meus anfitriões gostam de chamar de "casa aberta", sempre há alguém entrando, saindo ou parando para uma refeição. Estou acostumado com isso. Noto apenas seus olhos. Em seguida, você é levada pelos nossos anfitriões para o seu quarto, que fica abaixo do meu, e então você está na cozinha, conversando, se oferecendo para ajudar com a refeição da noite. Volto lá para cima para estudar. No jantar, ficamos de frente um para o outro à mesa. Tenho permissão para tomar uma pequena taça de vinho. Você, eu noto, bebe rápido, uma e depois outra. Logo ficará bêbada e desordenada, penso em silêncio, mas está impecavelmente composta. Perguntam-me o que tenho feito o dia todo e respondo, mas não acho que esteja interessada. Você se concentra na comida em seu prato, em encher as taças de vinho. Isso é irritante. Decido não me interessar por você também.

Nos dias seguintes, geralmente somos os únicos em casa. Nossos anfitriões saem cedo para o trabalho. Você deveria estar trabalhando em sua dissertação – acho que disse que estava estudando literatura (outra daquelas coisas que fazem pouco sentido para mim) –, mas isso é mais divertido. Eu ouço você ao piano (sua maneira de tocar beira a incompetência, infelizmente), ou vejo você dormindo no sofá, ou fuçando a estante que cobre o corredor. É larga e grande, quase do chão ao teto e você vai abrindo caminho lentamente. Não reconheço nenhum dos livros que você puxou, exceto talvez a Ilíada, e apenas porque fui forçado a estudá-lo na escola. O problema com a literatura, digo-lhe durante o almoço (sanduíches de presunto e sopa), é que está sempre fora de tempo.

Você me encara como se eu fosse o idiota da vila antes de perguntar, "Por quê?".

"Porque não importa o quanto tomamos por universalidade, um livro é sempre escrito em um determinado lugar e tempo. Não pode ser lido enquanto está sendo escrito. Depois disso, o texto está desatualizado. Literatura sempre é passado."

"Literatura", você diz friamente, "não é o jornal".

"Mas você não entende o que quero dizer", digo. "Achamos que os livros podem nos oferecer uma visão sobre o comportamento humano, mas isso é realmente verdade? Quando cada situação, cada pessoa, é inegavelmente única."

"Isso não é afirmação da literatura", você diz, sua voz transparecendo o menor tremor de raiva. "Existem…"

"Padrões?", concluo.

"Sim, padrões."

"Mesmo esses "padrões" de que falamos, que dizem que os grandes clássicos têm a oferecer, são apenas isso. Uma espécie de esperança de dar sentido a ações arbitrárias, de raciocínios imprevisíveis, de incrível aleatoriedade. Toda a literatura, além de oferecer documentação parcialmente competente, é inútil."

(Estou gostando disso, mesmo que você não esteja.)

Espero que reaja, atire seu sanduíche em mim, encharque minha cabeça com sopa de cenoura, mas come em silêncio, metodicamente e, quando termina, diz: "Pense como quiser". Presumo que você não seja do tipo argumentativa. Admito que estou desapontado. Exceto, no dia seguinte, você discute eloquentemente, ferozmente, sobre a pesca sustentável. Talvez a liberdade do atum para nadar em mar aberto seja mais importante para você do que a Ilíada. Me encanta e me confunde.

Mas não me sinto assim estranho por você até que te veja quase nua. É verdade. Já é tarde e estou no meu quarto, estudando, e preciso usar o banheiro, o que é irritante porque preciso descer. O banheiro fica ao lado do seu quarto; temos que dividir, e em todos esses dias correu tudo bem, porque de alguma forma nunca precisamos usá-lo ao mesmo tempo. Exceto esta noite. Estou no meio da escada quando a porta do banheiro se abre e você sai. Você acabou de tomar um banho; seu cabelo está molhado, mas preso desordenadamente, com mechas se soltando. Seus ombros estão nus e brilhantes. Você enrolou uma toalha em volta de si frouxamente. Chega aos seus joelhos. Te vejo de cima e de repente não consigo respirar.

Nunca me senti assim antes. Não é como se eu não tivesse visto mulheres com pouca roupa – pelo menos em fotos (eu estudo em uma escola só para meninos, lembra?) –, mas eu as via e pensava, por que tanta comoção?

Você, porém, é tão bonita quanto luz refletindo através de um vidro.

Não sei como você sabe que estou lá. Desci sem fazer barulho, mas você olha para cima e me vê, e por um momento nós dois ficamos paralisados. Leva a mão ao coração e sorri, e sorrio de volta.

Depois disso, como um cachorrinho idiota e indefeso, preciso saber constantemente onde você está. Como se eu fosse orientado apenas pela sua presença ou pela sua ausência. Você é meu Norte.

Sem dúvida, é estranho. Acho difícil também ficar calado; falo e falo porque quero que você sinta que seria rude sair da sala.

Quero que você me leve em todos os lugares.

Uma tarde, encontro você de saída. "Caminhar", você diz quando pergunto para onde você está indo. Pergunto se posso ir junto, e fico emocionado quando você concorda. Afinal, acho que você gosta da minha companhia, caso contrário, teria dito não.

"Para onde vamos?", caminhamos ao longo da estrada principal e depois entramos em um caminho rural.

"Eu não faço ideia."

Isso me deixa nervoso. Começo a dizer que há mapas na casa; podemos traçar uma rota, pegar um livro sobre passeios locais. Você ri, e isso encerra o assunto.

O dia está bom, suponho. Não sou bom em descrever coisas. Elas são exatamente como são. Mas parece verão. Com o sol e a sombra, e tudo vivo e verde. Vi alguns invernos aqui, e isso é exatamente o oposto. Você se delicia com tudo. Algumas flores crescendo na beira da estrada, uma cerca viva de flores que cheiram a mel, algumas borboletas esvoaçantes.

"Este é o seu primeiro verão aqui?", pergunto timidamente.

Você concorda.

Quero contar tudo sobre o lugar, mas algo me diz para ficar quieto, e assim faço.

Em vez disso, pergunto como você conhece nossos anfitriões.

Você diz que costumava ser voluntária em uma escola de caridade que eles estavam administrando em seu país. Por uma razão incompreensível, acrescenta: "Eles são como meus pais".

Caminhamos, raramente passamos por carros ou outros pedestres. Estamos no meio da semana. Poderíamos ser os únicos em todo o mundo. Não me senti assim antes. Não, na verdade sim. Passei um feriado sozinho na escola porque nossos anfitriões não estavam no país e não queria voltar para casa. Acordei com o silêncio e salas de aula, corredores e campos vazios. Foi um dia embrulhado para presente para mim, um presente esperando debaixo de uma árvore, e o mesmo com este, para nós, você e eu.

O caminho que percorremos sobe e desce, cada encosta te trazendo prazer – uma visão especial das colinas, um alto carvalho, uma antiga quinta. Em seguida, passamos por um campo aberto com um cavalo pastando. Ele é dourado, com crina e cauda brancas, e fica diante de uma cerca viva alta, na grama prateada. Você chama isso de cena saída de uma pintura.

"Oh", você diz, encostada na cerca, "como vamos chamá-la?"

Eu me esforço para pensar em algo. Eu não tenho o hábito de nomear cavalos, ou qualquer outra coisa, mas eu tento.

"Scăpăra."
Você se vira para mim, perplexa, surpresa. "O que é isso?"
"Na minha língua, significa atear fogo."
"Scăpăra", você repete, e eu ajudo você a pronunciar a palavra corretamente. "Scăpăra... adorável." E você sorri.

Nossa caminhada termina em um bar.
A essa altura, já é fim da tarde e você anuncia, depois de verificar seu telefone e trocar várias mensagens, que nossos anfitriões vão nos buscar no caminho de casa do trabalho. Estou aliviado; não queria voltar todo o caminho. Já havia mencionado algumas vezes que meus pés doíam, que deveríamos ter trazido água porque estava quente e podíamos ficar desidratados. Você não parecia nem um pouco preocupada.
No bar, peço um suco de cranberry e para você um litro de cidra local. Sentamos em uma mesa perto da janela. Do lado de fora, há um estacionamento vazio cercado por árvores. Aos nossos pés está Layla e Gramsci, os cães residentes, um Labrador preto e um Golden Retriever. Você os acaricia sem medo. Tento me tornar menor no canto.
"Venha", você diz, "eles são criaturas gentis."
Eu admito que fico petrificado com todos os animais.
"Você não teve animais de estimação quando criança?"
Certa vez, um peixinho dourado, que encontrei uma manhã flutuando de barriga para cima. Eu tinha sete anos; foi a coisa mais assustadora que eu já vi. Mas de cavalos, digo depois de um tempo, eu gosto.

Em algumas noites, você e nossos anfitriões mantêm longas conversas na mesa de jantar ou na sala de estar. Depois do jantar, quando geralmente volto para o meu sótão para estudar.

Mas estou curioso. Sobre o que todos poderiam estar falando? Quando fico parado, pairando na cozinha, ou no corredor forrado de livros, descubro que é você. Há alguma crise em andamento. Pelo menos é o que parece.

"Eles simplesmente não entendem... nem ouvem...", você diz rebelde.

"O importante", aconselham nossos anfitriões, "é que faça o que achar que é certo para você agora, nesse momento..."

"Não posso acreditar que eles querem que eu encontre um emprego... qualquer trabalho..."

"Não qualquer trabalho, com certeza..."

"É verdade... qualquer coisa servirá... até mesmo algum lixo de digitação... qualquer coisa que me mantenha neste país... porque eles gastaram todo esse dinheiro para eu estudar aqui... e seria um desperdício ir embora e voltar..."

"Mas por que seria um desperdício?"

"Não sei...", você parece exasperada. Imagino você andando pela sala com raiva.

"E se você voltar...?"

"Eles ficarão lívidos...", e você ri. "Conseguem imaginar? Mesmo agora, eles me tratam assim... esperando deferência constante aos seus pedidos."

Em algum momento, dizem nossos anfitriões, todos nós irritamos nossos pais. Não há como escapar disso. Ou você vai fazer isso agora ou mais tarde. Mas vai acontecer.

Eu sinto você se acalmar. "Isso é verdade", você diz.

Ouve-se um tilintar de garrafa contra vidro, vinho reabastecido e a conversa vagueia para outro lugar.

Na maioria das vezes, eu tenho um sono inquieto, mas um dia é pior porque mais cedo naquela noite eu encontrei uma fera em meu quarto. Ele passou voando por mim quando entrei;

nem acendi a luz. Gritei. Achei que fosse um fantasma com certeza, mas não, encontramos uma criatura pequena e peluda com asas. De alguma forma, um morcego voou para dentro da casa. Que bizarro, nossos anfitriões exclamaram, isso nunca aconteceu antes.

Naquela noite, não consigo dormir.

Até vir estudar aqui, alguns anos atrás, eu tinha medo do escuro. E os medos voltam. Ouço asas e estranhas batidas. Não sei quão tarde é quando desço as escadas pensando que vou pegar um copo d'água. A porta do seu quarto está entreaberta. Não está no meu caminho, mas vou em sua direção. Como você dorme? Imagino que de costas, a cabeça apoiada no travesseiro, o cobertor até o peito, o subir e descer da respiração. Em vez disso, está sentada na cama. Respira profundamente como se tivesse acabado de acordar de um pesadelo. Olha para cima e não parece surpresa em me ver ali.

"Pensei ter ouvido um barulho."

"Sinto muito... acordei você?"

"Não... de jeito nenhum... estava descendo as escadas... para a cozinha..."

Você não parece estar ouvindo.

Me aproximo, hesitantemente; paro ao pé da cama. "Você está bem?"

"Foi horrível", sussurra.

"Teve um pesadelo?"

Concorda.

"O que você viu?"

"Eu estava correndo..."

Não digo que isso não soa particularmente assustador.

"Não sei o que estava me seguindo... mas sabia que de alguma forma estava em perigo... e que precisava chegar a alguma casa distante... e quando cheguei lá..."

Me olha aflito.

"Quando chegou lá?"

"Bati na porta… e alguém abriu e disse que poderia entrar… mas apenas se fosse órfã…"

Não digo que foi apenas um sonho. Porque minha mãe dizia isso para mim, e isso nunca ajudou.

Um sonho, sei muito bem, é real.

Sento hesitante na beira da cama; estou perto o suficiente para ver gotas de suor em sua testa, embora as noites aqui sejam sempre frias. Em qualquer outro momento consigo falar, mas é em momentos como este que não sei o que dizer ou como oferecer conforto. Então sento lá em um silêncio estúpido. Gostaria de estender a mão e pegar na sua ou tocar seu ombro. Em vez disso, pego a garrafa na mesa de cabeceira e coloco um copo d'água para você. Você bebe com cuidado.

"Obrigada." Você olha para cima e por um momento, naquela quietude, naquela escuridão e nossa proximidade, acho que você poderia me beijar. Que tolo, tolo desejo.

Quando estou prestes a me levantar e sair, você pega meu braço. Seu toque é quente, mais quente do que uma folha ao sol.

"Você acha que… poderia ficar… um pouco?"

Eu concordo.

"Eu também tive muitos pesadelos…", não sei por que estou te contando isso. "Especialmente depois que meu pai foi embora." Acho que é porque quero que você saiba que eu entendo e não tenho mais nada a oferecer.

Você me olha por um longo tempo, e leva a mão ao meu rosto. Sento perfeitamente imóvel, como se tivesse virado uma pedra. Sou um morcego no canto, com medo de ser encontrado.

"Não conseguiu dormir esta noite?"

"Não."

Você não pergunta por quê. Em vez disso, se move para abrir espaço em sua cama. Só há espaço para mim porque está deitada de lado. Me deito ao seu lado, sua respiração perto do meu pescoço; você cheira a musgo e toranja e a início de verão.

Não me atrevo a me mover, caso a gente se toque, caso você me sinta. Meu corpo, essa coisa em que mal penso, o que considero principalmente um recipiente para minha mente, me trai. Fecho meus olhos, como se eu não visse, você também não, mas isso é pior, porque agora vejo você em uma toalha, levando sua mão ao coração e a soltando. Nunca soube que minha mente podia me desobedecer tanto quanto quando a digo para pensar em outra coisa.

De repente, você pergunta: "Isso é estranho?".

E no meu nervosismo, começo a dizer que na física a "estranheza" é na verdade uma propriedade das partículas. Esses *quarks* estranhos são partículas subatômicas instáveis que decaem em um *quark up*, um elétron e um antineutrino de elétron. Que eles têm uma vida longa... e geralmente são formados em pares. Com isso, eu olho para você porque acho que você está sufocando. Não, você está rindo. Sua cabeça jogada para trás no travesseiro.

Você passa o braço pelo meu rosto, me puxa para mais perto e beija o topo da minha cabeça. Se aninha no meu ombro, fechando os olhos.

"Somos um par de quarks estranhos."

Nunca estive mais feliz. Nunca estive mais triste.


Em seu último dia conosco, nossos anfitriões acharam uma ideia esplêndida nos levar para um piquenique na costa. Só vou por sua causa. Não gosto de piqueniques, areia e sol.

"Você vai vir?", nossos anfitriões perguntam surpresos.

"Sim", eu digo. "Acho que pode ser uma boa mudança."

"Nós também achamos", dizem eles, emocionados, porque eles, como a maioria das pessoas nesta ilha, gostam do que chamam de "grandes espaços ao ar livre". Eles caminham, acampam e nadam. (Disseram-me que sou pálido como alho, mas não dou a mínima, como dizem aqui.)

Depois de um início tardio – a cesta não foi encontrada, a maionese foi descartada e teve que ser refeita do zero, os bolinhos não subiam –, finalmente partimos. A costa fica a uma hora de carro pelo campo, e até eu tenho que admitir que parece pitoresca. Vocês falam sobre os livros que foram escritos por um escritor famoso da região; não tenho nada a acrescentar, então olho pela janela e fico quieto. Além disso, estou tentando não pensar em como, a partir de amanhã, você irá embora. Quando finalmente saímos da estrada principal e chegamos ao final do difícil caminho para a costa, estamos todos paralisados – sim, essa é a palavra que eu usaria, como se fôssemos borboletas capturadas por um lepidopterista – pela vista deslumbrante da água. Bem, todos vocês estão.

Eu olho furtivamente para você. Saímos do carro, com cesto e tudo, e caminhamos até a praia, que, garanto, está longe de ser tropical. Em vez disso, há uma camada de pedras curiosamente lisas sob nossos pés.

"Desgastadas pela tempestade", você diz. "É contra a lei pegá-las e levá-las embora."

Lá, encontramos os amigos de nossos anfitriões, que já escolheram um local e colocaram uma toalha, comidas e bebidas.

Acho que vou desmaiar com o calor. Exceto que todo mundo parece tão emocionado com o tempo que não faria sentido reclamar. Você está com um vestido com alças amarradas atrás do pescoço e um grande chapéu de palha. Não gosto de usar shorts, então enrolei minhas calças até os joelhos, e minha camiseta, tenho certeza, logo estará encharcada de suor desagradável. Percebo que você também é um pouco cautelosa em se aventurar muito perto da água, e meu coração dispara. Estamos na beira, fora do alcance das ondas; ao nosso lado, o litoral se abre como asas sem fim. (Acho difícil acreditar que disse isso. Mas às vezes gosto de pensar que posso olhar para o mundo da maneira que suspeito que você faz. Se eu pudesse ser poético, às vezes, talvez você prestasse mais atenção em mim.) Não a vemos chegando, e quando nos damos conta, já é tarde demais. A onda, de repente, mais alta e mais forte do que todas as outras, quase nos derruba. É tão rápida que exclamamos, assustados, e depois rimos, porque nada aconteceu.

"Olhe", você está estendendo a mão.

Em sua palma, uma estrela do mar.

"Foi atirada para fora do oceano... e fez seu caminho até mim."

Nós a examinamos de perto; você está surpresa com sua complexidade e pele frisada. Estou mais impressionado com o cheiro de limão vindo de seu cabelo.

"O que vamos fazer com isso?", pergunta. "Sinto como se tivesse ganhado um... presente."

Olhamos um para o outro e depois para a minúscula criatura, e ambos sabemos. Você se curva e espera até que a água cubra suas mãos e pés. Quando a onda recua, sua palma está vazia.

Somos chamados de volta ao grupo para comer e beber. Não consigo entender esse amor por ovos cozidos e cebolas em conserva. Em vez disso, sirvo-me de presunto e pão. Você escolhe as frutas e o queijo. Você está quieta, noto, e desejo de alguma forma animá-la. Você acaba uma cerveja e depois outra; posso tomar uma taça de vinho branco. Alguém traz um jogo de tabuleiro. Congelo. Fico aliviado em ver que você também.

Você se desculpa, dizendo algo sobre dar um passeio, e me levanto para me juntar a você. Os seixos rangem sob nossos pés. Caminhamos cerca de dois quilômetros em silêncio, passando por um pescador e depois por outro. É só a praia, o céu, a água e nós.

Você para. "Sabe o que eu gostaria de fazer?"

Me beija.

Escolhe uma pedra, lisa e curva, e caminha até a beira da água. Eu não tenho ideia do que você está tentando, até que dobra e estira o braço para trás e para frente. A pedra salta uma vez e afunda. Você ri, eu rio, e de repente me lembro de meu pai fazendo o mesmo, em um rio no meu país, quando eu era muito jovem e ele ainda não tinha nos deixado.

"Agora você", você grita.

E eu hesito. Meu pai não se demorou tempo suficiente para me ensinar.

Mas de repente você fica exuberante e feliz, e não posso decepcioná-la. Me ajuda a escolher uma pedra e me mostra como agachar. É uma péssima professora. Nossas pedras afundam uma após a outra. Nossa maior conquista são dois saltos, talvez três.

Este, declara, deve ser o jogo mais antigo do mundo.

Assim como esconde-esconde, completo.

Durante esses momentos, somos crianças. Eu sinto que não sou criança há muito tempo.

Então lembro que logo você irá embora e me sinto como uma criança prestes a ser abandonada.

Quando terminamos, depois de exaurir todas as pedras de formato adequado ao nosso redor, ficamos parados e observamos a água, calma agora como vidro. O céu está colecionando nuvens e escureceu, e quando você partir vai chover.

# O AÇOUGUEIRO

Você entra em contato muito depois de voltar da cidade com um rio.

Um ano ou algo próximo a isso. É uma preguiçosa tarde de domingo, estou em casa, você liga, e acabamos dizendo coisas ao telefone que me fazem fechar a porta do quarto e tirar o pijama.

Como isso aconteceu?

Eu não sei. Acho que começou quando perguntei o que você estava fazendo e disse que estava na cama, sob um lençol, nua.

Já se passou muito tempo desde que nos encontramos ou nos falamos, mas o sexo é, como sempre, bom.

Curiosamente, é estranho quando nos encontramos.

Sentamos de frente um pro outro na mesa, segurando nossos cafés, que você disse que preferia aos drinks da noite, e encontramos, a princípio, pouco a dizer. Você cortou seu cabelo curto. É drástico, mas está ótimo. Eu te digo isso. Você sorri e diz que estou bem também.

"Então, como você..."

"Como você tem..."

Falamos ao mesmo tempo. Rimos.

Você primeiro, diz graciosamente.

E te digo que terminei o curso de cinema e montei meu próprio pequeno espaço de produção. Que faço mais trabalhos freelancer, indo de projeto a projeto. Então, olho pra você envergonhado e digo, "Mas a melhor notícia é que eu tomei a iniciativa e montei uma banda."

"Oh, isso é fantástico", você diz, e acho que está genuinamente feliz por mim. Exceto, talvez, pelo teu olhar, que não condiz muito com o teu sorriso.

"E você?"

Me diz que está indo bem, mas não tem sido fácil. "No trabalho", você acrescenta, como se estivesse preocupada que eu poderia pensar outra coisa. Quando voltou após concluir seus estudos, teve de achar um emprego às pressas.

"Por quê?" perguntei.

Comenta algo breve sobre seus pais, que eles não estavam satisfeitos.

"Que a filha deles havia voltado do "estrangeiro"?" Não consigo evitar meu sorriso. Conheci seus pais brevemente. Não gostei deles, eles não gostaram de mim. Sei que eles têm suas vistas e ambições em outros lugares mais distantes.

Você concorda. "Eles disseram que achavam essa decisão difícil de apoiar." E você revira os olhos. É um gesto tão familiar. Posso ouvir você dizer em sua cabeça: *Como se soubessem alguma coisa sobre mim.*

"Então você encontrou um emprego rapidamente?"

Sim, mas a pequena empresa de design que você ingressou como redatora de conteúdo, administrada por um empresário duvidoso, demorou meses para lhe pagar. Depois, você desistiu e trabalhou com uma revista da cidade, vagando pelas ruas no calor, fazendo reportagens sobre as melhores costeletas e onde costurar um terno sob medida.

"Isso parece divertido..."

"Foi, por um tempo... daí, eles fecharam."

"O quê?"

Você olha para cima e ri. "Aparentemente está tudo online."
"Mas, o que você fez?"
Você fala que entrou para uma editora acadêmica e quase morreu de tédio. Que agora sabe mais sobre as leis de importação e exportação do que jamais se importou em saber. Estamos conversando como velhos amigos, o que, de certa forma, acho que somos. No momento, você me diz, está vinculada a uma livraria administrada por um desses institutos culturais estrangeiros da cidade. Paga bem, as horas são leves e você pode participar de eventos com vinho de graça. Por um tempo, ficamos parados e em silêncio, e a cidade zumbe ao nosso redor. Será que vai me perguntar sobre os e-mails que enviei enquanto estava fora? Espero que não, porque eu não saberia o que dizer agora, com a gente aqui, cara a cara.

"Você tem sorte, sabe", você diz de repente.
"Por quê?"
"Porque você sempre soube o que quer fazer."
Isso é estranho e comovente, e quero me inclinar e acariciar sua mão, braço ou bochecha.
"E você… não?"
"Não, realmente não. Estou bastante…", mas você não completa sua frase.
"Você está bastante,…?"
Balança a cabeça e sorri, e a palavra se perde.

É mais fácil para nós ficarmos juntos, porque você está morando sozinha agora.

Ainda estou com colegas de apartamento em outra parte da cidade e, acredite, não é uma visão bonita. Você mora em um *barsati* pequeno, mas confortável, um daqueles apartamentos no último andar com dois quartos e um grande terraço. Há um sofá amarelo brilhante, uma grande estante de livros, uma mesa de trabalho antiquada, na parede uma pintura em preto e vermelho de um tigre e fotos de seu tempo na cidade com um rio. Mas você poderia até nunca ter partido, porque estou surpreso com a facilidade e rapidez com que tudo acontece. Embora, se nossa conversa ao telefone fosse qualquer indicação, suponho que não poderia ser de outra maneira. Porém, primeiro nos sentamos em sua sala e trocamos histórias. Com quem estivemos? É como uma espécie de ritual de exorcismo. Uma nomeação de nomes. Estive com alguém com quem trabalhei em um filme, e era para durar apenas a duração da filmagem, mas não aconteceu assim. Então da parte dela havia um apego crescente. "Onde vamos chegar com isso?", ela perguntou depois, quando nos deitamos na cama, lado a lado, e não tive resposta, eventualmente eu disse que não poderia mais fazer aquilo. Também fiquei com uma estranha que conheci nas férias em um lugar à beira-mar. Pelo menos eu acho que sim. Tinha bebido tanto naquele dia que minha memória me falha. Em seguida, houve um passeio de carro que fiz com alguns velhos amigos de faculdade. Eles estavam bebendo mais do que eu, as garotas uma de cada lado, e então se beijaram e se viraram para mim. Mas relacionamentos? Nada duradouro ou significativo. Quando olho para você e digo que é sua vez, você fica em silêncio por um longo tempo.

"Alguém… muito mais velho… com quem eu estive por um ano… ninguém mais…"

Digo que você não vai escapar tão facilmente. Você sorri. Conta, você pergunta, se for uma queda por uma garota que foi sua colega de apartamento?

Digo que com certeza sim. E nada mais? E uma ficada de uma noite?

Você cora e desejo te beijar. Toda essa conversa me deixou com um friozinho na barriga.

Uma vez, você diz, antes de deixar a cidade com um rio. Você e sua colega de apartamento tinham saído para beber, e havia um cara no bar de vinhos...

"Você foi para casa com ele?"

Você concorda.

"Para a casa dele?"

Você confirma novamente.

Nunca tinha feito nada parecido antes, diz, o que você supõe ter sido exatamente o motivo que a levou a fazer isso.

"Não foi muito inteligente, foi?", posso me ouvir dizer. Não posso deixar de sentir um pouco de ciúme, de julgar um pouco até.

Você franze a testa. "O que você quer dizer?"

"Bem... indo para casa com um estranho... quem sabe o que poderia ter acontecido?"

"Ele morava sozinho", você acrescenta.

"Isso é ainda pior." Estou quase gritando agora. Eu me levanto e ando pela sala. Você me observa em silêncio.

"Então", finalmente pergunto, "isso fez você se sentir bem? Toda jovem e imprudente?"

"Foi horrível, na verdade", você fala baixinho.

Algo no tom da sua voz me faz parar e sentar ao seu lado. "Por quê?"

Você dá de ombros. "Ele tinha uma namorada... havia uma foto dela na mesinha de cabeceira..."

"Mas nada... aconteceu com você, certo?"

"Não. Exceto...", você hesita. "Saindo da casa dele para a estação na manhã seguinte, gostaria que tivesse chovido..."

Quando nos beijamos depois, é quente e urgente, como se nós precisássemos recuperar o tempo perdido. Seus lábios são estranhos e familiares ao mesmo tempo, como uma música que conheço bem e de alguma forma esqueci. Vamos nos entendendo com hesitação, depois facilmente, em um reconhecimento repentino. Eu me lembro do que você gosta e você também. Há uma emoção, porém, de não sermos as mesmas pessoas, de nossas peles terem mudado, de nossas bocas sendo as mesmas.

Este segundo encontro é pacífico. Ou pelo menos parece que sim.
    Estou esperançoso de que vai durar. Talvez tenhamos ficado mais sábios, mais maduros e as mágoas e lágrimas tenham sarado. Prosseguimos em silêncio com nosso trabalho, fazendo algumas coisas antigas e outras novas. Visitamos restaurantes que acabam de abrir, assistimos a shows ao ar livre, visitamos uma feira de livros na zona norte da cidade, fazemos longos passeios de bicicleta à noite. Você arranja um gato, ou melhor, encontra um abandonado em uma lixeira perto do mercado onde você vai comprar mantimentos. Ela é cor de fumaça, lindamente listrada de preto e minúscula. Ela cabe na palma da sua mão. Você pega uma bolsa de água quente e uma caixa para ela, e a forra com um de seus velhos suéteres. No pet shop você compra ração para gatinhos e, por impulso, uma pequena coleira vermelha com um sino e um rato de brinquedo. Você está emocionada por tê-la em sua casa. Logo, eu também começo a ficar mais tempo lá, com a gata e com você. Quase tenho medo de dizer isso, mas somos como uma pequena família.
    A gata é ridícula.
    Nós a chamamos de Muji.
    Quando Muji está mais forte, ela começa a fazer todos os tipos de travessuras. Você brinca com ela por horas e, à noite, ela se enrola na curva de seu pescoço para se aquecer. Eu não sei o que você sente por mim, mas está definitivamente apaixonada por Muji. E estou, admito, um pouco também.

Ao contrário da maioria dos gatos, ela tem um jeito confiante, como um cachorro. Que afeto ingênuo. O tipo que a deixará em apuros algum dia. Ela corre para nos cumprimentar, ou qualquer outra pessoa que chega em casa, feliz em ver a todos. Ela ronrona, arqueia as costas e enfia as patinhas em nossos peitos e braços quando estamos na cama. Ela circunda nossos tornozelos e dá uma cabeçada em nossas canelas. E, às vezes, quando nos dirigimos a ela, tagarela em pequenos miados. É adorável pra caralho.

Ocasionalmente, participo de alguns eventos do instituto cultural para os quais você foi convidada. É tudo irritantemente chique, mas o álcool é grátis, então quem está reclamando? Eu não dou a mínima para o código de vestimenta, mas você sim. E é aqui que as rachaduras, por mais finas que sejam, reaparecem.

"Você vai assim?"

Olho para o meu jeans desbotado e camiseta tie-dye. Traje de noite perfeitamente aceitável, eu acho.

"Sim, vou…"

"Você não pode usar uma camisa…? E calças? Sei que você odeia, mas é uma noite bastante formal…"

"Ou eles me deixam entrar assim… ou eu não vou…"

Você revira os olhos. Odeio quando você faz isso. "Não é apenas sobre você… você é meu convidado, lembra?"

Eu dou de ombros. "Então não me leve junto."

Não entendo por que isso é tão importante para você. É apenas uma reunião boba sobre nem sei o quê, e quem se importa com o que eu visto?

A partir daí, o deslizamento é gradual, mas inconfundível.

O próximo desentendimento, maior, mais impetuoso, mais doloroso, acontece quando você me diz que um amigo cineasta está procurando alguém para ser o cinegrafista de uma sessão de fotos nas montanhas. Ele está trabalhando para um ativista bem estabelecido e tem muitos contatos na cidade, e seria bom, para mim, fazer parte de sua equipe. Eu compartilho de sua emoção. Esta pode ser uma pausa bem-vinda para mim. Por isso, entro em contato com ele por e-mail, pedindo detalhes e preços. Quando ele responde, eu fecho o laptop e digo que não vai funcionar.

"Por quê?"

"Porque ele espera que eu faça isso de graça..."

"Oh, mas tudo bem... você vai ganhar experiência e..."

"Exposição", eu termino para você.

"Sim... pense nisso como uma daquelas... como eles chamam... oportunidades de networking..."

Sou inflexível. Não é aceitável. E nossa discussão continua por longas horas.

Lentamente, eles voltam, os fantasmas que nos assombravam.

Como acho que de alguma forma eu sabia que eles voltariam, mesmo que estivesse disposto a acreditar no contrário por um tempo.

Discutimos sobre onde ir jantar, quem encontrar ou não encontrar para beber, para onde viajar durante um fim de semana prolongado. Sobre por que eu gosto de um filme e você não gosta, ou vice-versa. Acho que a gota d'água é quando você chega em casa cedo do trabalho uma vez e me encontra assistindo filme pornô. É uma tarde quente e entorpecente de verão e não tenho nada para fazer. Estou passando o tempo. Mas sei que não posso dizer isso quando vejo seu rosto na porta. Eu sei que todo esse ato será levado para o lado pessoal.

Você parece pálida antes que suas feições sejam transformadas pela raiva. Gostaria que você gritasse comigo e dissesse: "Que porra você pensa que está fazendo?". Qualquer coisa, ao invés de ficar aí parada, olhando para mim como se eu fosse a coisa mais nojenta do mundo.

Eu sou a coisa mais nojenta do mundo. Estou de volta a isso. Sentindo que nunca sou suficiente, ou bom o suficiente para você. Que as diferenças entre nós são intransponíveis, e não apenas quando se trata de filmes ou férias ou o que quer que seja. E que de alguma forma sou colocado em um nível inferior nessa hierarquia, sempre.

Eu passo na sua casa depois de uma reunião um dia, pensando que é isso. Vvou te dizer que acabou.

Mas entro e encontro você ajoelhada no chão, Muji em seus braços. Você está chorando. Lágrimas escorrendo pelo seu rosto. A gata está tremendo e tem arranhões no rosto e nas orelhas e, olhando mais de perto, uma mordida na pata traseira esquerda.

"O que aconteceu?", mesmo que seja bastante óbvio.

Um gato mais velho na vizinhança deve tê-la atacado, e Muji, a mana e crédula Muji, não conseguiu se defender. Você explica como não conseguiu encontrá-la em lugar nenhum naquele dia e só mais tarde a ouviu choramingar lá embaixo. Você a procurou por toda parte, na garagem, no armário do depósito e, finalmente, a encontrou deitada sob um carro estacionado. Ela demoraria muito para vir até você, então você teve que rastejar de quatro para tentar pegá-la. Foi estranho, você disse, por um segundo ela se voltou contra você também, rosnando e sibilando.

"Ela estava assustada, só isso."

Mas eu posso ver que você está abalada.

Coloco meu braço em volta dos seus ombros, puxo você para perto, você coloca sua cabeça no meu peito e meu coração se parte.

"Não deveríamos levá-la a um veterinário?", você pergunta, e eu digo não, que as feridas não parecem tão ruins. Muji, garanto a você, vai ficar bem. Você não parece muito convencida, mas concorda. Nós a alimentamos com sua comida favorita e permitimos que ela descanse em seu canto favorito.

Na manhã seguinte, porém, o lado esquerdo de Muji está inchado como um balão e, com a mordida, pus amarelo-esbranquiçado escorre por seu pelo. Quando pressionamos o inchaço, mais da substância escorre.

"Vamos lá", digo, pegando a cesta de gato que você comprou na loja de animais. Colocamos Muji dentro o mais suavemente possível e depois corremos para a clínica veterinária. Do lado de fora, esperamos minutos agonizantes enquanto ela é tratada. Mais tarde, o veterinário surge. Ele diz que fizeram tudo o que podiam, mas devemos trazer a gata todas as manhãs durante as próximas duas semanas para drenar as feridas.

Em casa, observamos Muji rastejando nas patas dianteiras enquanto suas patas traseiras foram enfaixadas. É lamentável.

Você chora e eu sento ao seu lado com a sensação de estar a um milhão de quilômetros de distância.

Eu também estou desolado, mas não posso expressar isso. Acho que também estou triste por outras coisas. Que pensei que pudesse sentir por você do jeito que sentia antes, mas não posso. Já passou. Apesar da segunda chance, do reinício, da nova esperança, não podemos ser salvos.

No entanto, não digo nada sobre isso agora ou nos próximos quinze dias, quando os dias são um borrão de viagens para lá e para cá, de casa para a clínica e vice-versa. E alimentando Muji nas mãos, medicando-a e trocando suas bandagens.

No final de cada dia, você cai exausta na cama e eu deito ao seu lado, ouvindo sua respiração.

Lentamente, Muji se recupera, e seu espírito também. O inchaço diminui gradualmente, a infecção não retorna e, eventualmente, ela é declarada uma gata saudável. Você está alegre e não consegue parar de me abraçar. Você sente que fizemos isso juntos e não há nada que não possamos fazer. Os dias voltam à normalidade. Muji e você são as mesmas novamente. De alguma forma, acho que sente que estamos selados, que nossas vidas foram soldadas pelo que aconteceu. Logo, de alguma forma, eu irei, eu preciso, dizer que você está errada.

# O FLORISTA

Como posso te dizer que isso não é amor?
 Não é e não pode ser.
 Se eu soubesse, não teria entrado naquele pub. Não, isso não é verdade. Eu teria entrado naquele pub, observado você e depois escapulido silenciosamente.
 Isso também não é verdade.
 Não sou do tipo que pensa muito sobre as coisas.
 Gosto de surfar, de motocicletas e de beber cerveja com meus amigos nos fins de semana. Trabalho com máquinas. Os únicos livros que leio são livros de autoajuda. Aqueles sobre queijo ou algo assim. Meus pais são divorciados, sou próximo da minha mãe, tenho uma irmã mais velha e um cachorro em casa. Uma vez por ano, tiro férias durante o verão, geralmente à beira-mar. Mas gosto de viajar e me aventurar por lugares improváveis se tiver dinheiro para isso. Quando eu encontrar a pessoa com quem quero me casar, vou levá-la numa viagem e pedi-la em casamento em uma gôndola. Essa é a minha ideia de romance.
 E isso é realmente tudo que há para saber sobre mim.
 Não gosto muito da cidade em que moro e trabalho agora, cheia de pontes de pedra. Venho da cidade eterna, ao sul, e sinto saudades, mas por enquanto não posso voltar. Não é fácil conseguir empregos hoje em dia, e tenho um forte senso de responsabilidade.
 Acredite em mim quando digo que não vou te esquecer.

Eu não te amo, mas não vou te esquecer.
Como posso?
Por alguns dias, é verdade, você me tirou de mim mesmo.

É uma daquelas tardes de julho, quando você pode realmente sentir que está chegando a época mais quente do ano. Os turistas estão enlouquecendo, e os vendedores ambulantes também. As filas se estendem por quilômetros do lado de fora de todos os pontos turísticos da cidade. Já estou acostumado e sei quais ruas evitar. Eu estaciono meu carro em uma estrada perto do pub e caminho. É sábado, estou feliz por estar de folga do trabalho. Tenho o fim de semana só para mim e vim assistir ao jogo de tênis no único lugar da cidade que está exibindo a partida. Esse pub inglês. Ou um "pub inglês" como se imagina ser aqui no continente. Todos com painéis de madeira, cerveja na torneira, sofás de couro. Não há muitas pessoas dentro. A maioria vem para esta cidade para ver arte e arquitetura, e alguns caras acertando uma bola fluorescente sobre uma rede não está em seus planos.

Você está sentada no bar.

Com um vestido branco com flores azuis claras. Seus pés em sandálias de verão. Seu cabelo cai sobre os ombros. Seus braços estão bronzeados e nus. Sentada, você parece pequena. Diante de você, uma caneca alta e uma tigela de batatas fritas. Está de costas para mim, assistindo à partida com atenção, e eu não consigo ver seu rosto.

No início, fico intrigado porque você é a única mulher aqui, e me pergunto se você é bonita. Se tem um rosto que não vou esquecer.

Então você se vira para falar com o barman.

Suas bochechas estão vermelhas, como se tivesse passado muito tempo no sol. Mas seus olhos são grandes, ousados e escuros como noites que prometem. Você olha ao redor do pub, para os outros dois homens assistindo ao jogo e depois para mim. Você olha por um momento e sorri.

"Por quem está torcendo?"

Demoro um momento para perceber que você está falando comigo.

"O melhor homem."

Você faz uma careta. "Tão diplomático... e chato."

Não tem ideia de como está certa. É o que sou. Embora esteja surpreso com sua franqueza.

"De onde você é?", não consigo identificar, nem mesmo pelo seu sotaque.

Você me diz.

"Me mostre", digo, e pego meu telefone. É uma desculpa para me permitir sentar mais perto de você. Você cheira a suor e sal, e algo picante e doce, como pêssegos.

"Aqui", você aponta para um ponto no mapa na tela.

"Isso é muito longe... você está aqui de férias?"

Você bebe sua cerveja e acena com a cabeça.

"E você está viajando sozinha...?"

Com isso, você parece... qual é a palavra... enfurecida. "Estou", você diz, "embora meus pais quisessem transformar isso em férias em família... mas não, essa viagem é para mim e somente para mim. Porém, não teria me importado de trazer minha gata."

Estou lá, sentado, me sentindo um pouco estranho e confuso, acho que você percebe, e então ri, "Desculpe... não sei por que estou lhe contando tudo isso... Na verdade, estou sozinha."

"E você está gostando da cidade?"

"Odiando."

Não posso deixar de rir. Essa franqueza é nova para mim. Também está em desacordo com sua aparência, seu traje floral e cabelo esvoaçante.

"Por quê?", pergunto, embora ache que sei.

"Muitos turistas... muito lotada... nem gosto da sua catedral, toda rosa, branca e verde."

Presume que sou daqui e não a corrijo. Estranhamente, sinto-me na defensiva em relação a este lugar que não é meu.

"Você não deu uma chance."

"Dei", você insiste, e me diz como passou a manhã inteira caminhando, procurando uma praça tranquila, uma igreja vazia, um restaurante que não está tentando te enganar. "É horrível", conclui.

Sugiro que talvez eu possa mostrar algo que a faça mudar de ideia.

Ao invés de recuar, desconfiada, você parece interessada. Você tem um coração tão aberto quanto o céu. É raro e estou comovido.

Isso, ou você pode estar, de fato, realmente farta deste lugar.

Assistimos a mais um ou dois jogos, terminamos nossas cervejas e partimos.

No meu carro, quase senta no banco do motorista, porque de onde você vem, as pessoas dirigem do outro lado. Nós rimos e você desliza facilmente para a minha direita.

"Aonde estamos indo?"

Eu digo: "Espere para ver".

Dirigimo-nos ao rio e, em seguida, lentamente para fora da cidade, subindo encostas arborizadas. Você inclina a cabeça para olhar para cima, para as árvores e para o céu, e diz que é lindo.

Você é adorável.

Seu vestido sobe, tento não olhar para suas coxas. Seu pescoço. O decote de seu vestido acaba exatamente onde começa o contorno de seus seios, liso e macio. Eu não sei como, mas quero – preciso ter – minha boca neles, em você.

"Oh", você exclama de repente, e por um momento me pergunto se você leu meus pensamentos e está chocada.

"Não sei seu nome…"

É verdade. Eu não pensei em perguntar, e nem você.

Solenemente, trocamos nomes.

"Isso faz diferença?"

Não, você diz. Não faz diferença alguma.

Paro no topo da colina. De um lado, há uma igreja, uma estrutura clássica branca com escadas largas e, do outro lado, um mirante popular, com uma balaustrada curva ao longo da borda. É mais silencioso que o centro da cidade, mas vejo seu rosto e acho que não é o suficiente. Ainda assim, nós nos inclinamos contra o parapeito, olhando para as torres altas e telhados vermelhos e pontes.

"Em 1966, a cidade foi inundada pelo rio… e isso é a coisa mais emocionante que aconteceu aqui recentemente."

Você ri e olha para mim ao sol como se estivesse me vendo direito pela primeira vez.

"O que você faz?"

Digo que trabalho com máquinas. Que sou engenheiro.

"Que tipo de engenheiro?"

Ajudo a fazer instrumentos de precisão para foguetes.

Seus olhos se arregalam. "Isso é incrível."

"Não é como se eu fosse para o espaço", digo, rindo.

"Mas algo seu vai."

"Sim", admito. "Suponho que sim. Nunca pensei nisso dessa forma. E você?", pergunto. "O que você faz?"

Me diz que é trapezista.

E levo você a sério, até começar a rir quando pergunto se faz parte de uma trupe de circo.

"Por que não me pergunta o que sempre quis ser", você diz.

"Tudo bem, o que você sempre quis ser?"

"Uma origamista."

"Uma o quê?", não tenho ideia do que você acabou de dizer.

"Uma origamista. Alguém que faz origami."

Me sinto um tolo. "O que é origami?"

"A arte de dobrar papel em formas."

"Que tipo de formas?"

Você dá de ombros. "Qualquer coisa. Animais, pássaros, insetos, caixas…"

"Mas por quê?"

Você me olha como se não tivesse pensado nisso antes. "Porque… suponho… bem, minha professora de arte da escola saberia."

"E o que ela diria?", pergunto.

"Conhecendo-a, provavelmente diria que é porque somos criaturas curiosas… que gostamos de imitar o mundo e ver como podemos fazer isso de maneiras diferentes…"

"E por que você gosta?"

Hesita. "Acho… porque com origami não se precisa de mais nada. Não se usa tinta ou pigmentos… não se retira algo, como na escultura… começa com uma folha de papel e termina com uma folha de papel, mas de alguma forma… está transformada."

Nesse momento, ouvimos uma forte ovação atrás de nós. Os turistas chegaram de ônibus e estão tirando fotos, agitando seus chapéus e bandeiras no ar.

"Venha", digo. "Vou te levar para outro lugar, acho que você vai gostar."

Sem uma palavra, você me segue.

Desta vez, vamos para fora da cidade.

Posso ver que você percebe a abertura repentina dos campos de girassóis e das fileiras de ciprestes altos, os raios de sol suaves e desimpedidos. Vinte minutos depois, saímos da estrada principal e subimos uma ladeira baixa. No final, além de um estacionamento, fica um mosteiro medieval.

Você está encantada. Animada, de repente. Há uma nova energia em sua voz e em seus passos.

Você não consegue parar de dizer como isso é maravilhoso. Que não está marcado em nenhum guia, não foi encontrado por turistas curiosos. Entramos no pátio, listrados em padrões de luz e sombra. Tão quieto, você pode ouvir os pássaros. Apenas um punhado de monges permanece ali, comento, e ao nosso redor o silêncio piedoso se aprofunda. Assistimos ao sol ficar mais forte, depois mais pálido, se pondo ao longe, além das colinas. Você se volta para mim. "Obrigada." Acho que deseja me beijar. Posso ver em sua boca. A maneira como seus olhos se fixam em meu rosto por um momento a mais. Mas não tenho certeza, então não vou tentar nada. Ainda.

Voltamos para o carro e me ofereço para deixar você no albergue onde está hospedada.

Até então, não mencionou um novo encontro.

"Quais são os seus planos para a noite?"

"Nenhum, na verdade", responde.

"Aqui está meu número…", rabisco em um pedaço de papel. "Se quiser tomar uma bebida ou jantar, me mande uma mensagem…"

"Ok." Você o guarda na bolsa, sem indicar se vai entrar em contato.

Isso, porém, é o máximo que estou disposto a fazer. O resto é com você.

Vou para casa, esse apartamento que divido no subúrbio com mais duas pessoas, e espero.

As horas passam e não tenho notícias suas. Estou prestes a desistir, pensando que terei uma noite tranquila com um filme, quando meu telefone toca. Você envia uma mensagem da maneira que fala. Em frases completas e nítidas. "Oi, nos encontramos mais tarde? Tenho tentado enviar uma mensagem. Espero que você receba essa."

Eu ando pelo meu quarto, feliz. "Sim, pego você às nove?"

"OK. Até logo!"

Decidi pegar o bonde até a cidade, para poder tomar mais de um drink com você. Onde devo levá-la?

Mais tarde, espero na entrada do seu albergue, vendo os jovens entrando e saindo, rindo, conversando em muitas línguas diferentes. E então você sai. Vestindo uma saia jeans curta, blusa preta e sandálias de tiras. Você acabou de tomar banho e posso sentir o cheiro de algo cítrico em seu cabelo. Como limões sicilianos.

Eu te digo que podemos caminhar até o rio, e você parece satisfeita.

Esta cidade é bonita à noite.

A velha ponte em particular, construída em pedra medieval, que se estende pelo rio, suas luzes cintilam na água.

"Já foi ocupada por açougues."

"O quê?"

"Açougues", repito.

Você ri, dizendo que é difícil de imaginar.

Nós a cruzamos vagarosamente. Às vezes, nossos braços, nossos ombros se tocam, mas não estamos de mãos dadas. Não dizem que se uma garota permitir que segure a mão dela, ela permitirá que a beije? Devo ser paciente. A noite está apenas começando, e noites como esta são longas. Caminhamos pelas ruas de paralelepípedos. A cidade está explodindo em folia. As pessoas invadem as praças e os degraus das igrejas. Parece que só existem jovens no mundo. Algo desse espírito inunda você. Parece encantada. Presa neste momento. Você se aproxima para me perguntar algo, e posso sentir em sua voz e respiração uma imprudência.

"Vamos tomar uma bebida", digo, e você concorda imediatamente.

Te levo até um lugar perto do rio, com mesas postas na margem. Pedimos vinho branco. Vendedores ambulantes vêm até nós com rosas. Eles devem pensar que estamos em um encontro, ou somos um casal. Eu compro uma para impedir que eles nos importunem, e ela fica na mesa entre nós como uma espécie de promessa vermelha. Bebemos e bebemos um pouco mais. Está chegando a minha cabeça, esse vinho. E você. Eu me inclino para pegar sua mão, e você exclama, olhando para a rosa, "Está murchando... já está murchando..."

Eu digo que é isso. *Tristezza dei fiori*. A tristeza das flores.

Você olha para mim e não consegue tirar os olhos dos meus. Você repete as palavras. A tristeza das flores.

Depois de uma garrafa ou mais, andamos cambaleantes de volta à cidade, pelas mesmas ruas sinuosas. Logo, encontramos um restaurante que ainda está aberto.

"Eu amo isso", você exclama. "É uma da manhã e as pessoas ainda estão na rua para jantar." Você comenta que isso nunca aconteceria na cidade com um rio. Onde está frio e venta e tudo fecha às dez. Sentamos sob o toldo e pedimos pizza. Conversamos agora, com facilidade, e você me fala sobre todos os livros que adora e que foram escritos em minha língua.

"Só conheço um", confesso. Aquele que estudamos na escola. *Nel mezzo del cammin di nostra vita, mi ritrovai per una selva oscura, ché la diritta via era smarrita...*

Você me olha com tanta alegria que quase me sinto uma fraude. Não posso estar lhe trazendo tanta felicidade em tão pouco tempo.

Terminamos de comer, mas não muito, porque acho que estamos ambos cheios de vinho e de uma alegria vertiginosa, e então voltamos a andar pelas ruas. Está tarde. Elas estão mais vazias agora. Atravessamos uma ponte e, desta vez, quando nossos dedos se tocam, nós os entrelaçamos e não os soltamos. Suas mãos são macias e finas. Eu quero sentir o restante do seu corpo. Nós vagamos, perdidos. Não me importo para onde estamos indo, contanto que eu esteja perto de você e do cheiro de limão.

Em algum momento, tropeçamos em uma *piazza*.

"Baco, Baco", você exclama, apontando para uma estátua de bronze.

"Aquele não é Baco."

"É", insiste. "Veja, é Baco segurando um cacho de uvas."

"É Perseu com a cabeça decepada da Medusa na mão."

Não conseguimos parar de rir.

Cronometramos nossos passos com cantos antigos, porque é tarde e os semáforos pararam de funcionar.

"Vamos voltar", você fala, "vamos voltar para aquele lugar onde podemos ver a cidade inteira."

E assim o fazemos. Voltamos nossos passos para o alto, subindo uma ladeira, um longo lance de escadas, vamos para onde estávamos no início da tarde. Quando tínhamos acabado de descobrir os nomes um do outro. Apoiamo-nos na grade. Viro para você e nos beijamos.

Não sei mais como dizer isso, mas beijamos bem, um ao outro. Eu acho que você sente isso também. Porque sua boca se alarga e amolece, a ponta da sua língua fica livre. Há outras pessoas lá também, em grupos e casais, mas não prestamos atenção a eles, nem eles a nós. Beijo seu pescoço. Há um leve perfume atrás de suas orelhas. Você levanta seu rosto para o céu, para as estrelas. Mas coloca as mãos nos meus ombros e não permite que eu me afaste. Acho que o vinho subiu completamente às nossas cabeças.

Quando quase todos ao nosso redor vão embora, estamos sentados nos degraus. Você se inclinando em mim, meu braço ao seu redor, deslizando para dentro da sua blusa. Nós nos beijamos e beijamos e nos beijamos, e não vamos mais longe. E estou louco.

Quando descemos para a estrada, atravessamos o rio, já está amanhecendo. O primeiro dos caminhões do mercado está chegando com carne fresca e legumes para os restaurantes.

O vinho pode ter acabado, mas estamos tontos de insônia. Perto do seu albergue, sentimos o cheiro de pão recém-assado.

"Vou ver você esta noite?"

Você coloca sua mão no meu rosto em resposta, e vai embora.

Não sei como irei comparecer ao trabalho. No escritório, estou com os olhos turvos e cansados. Mas só consigo pensar em você. Eu mando uma mensagem para você por volta das onze. "Vou te ver? Venha jantar comigo."

"Sim", você responde. "Sim."

Quando encerro o dia, corro para casa, tomo banho, me troco e bebo mais café. Eu te pego no meu carro. Parece revigorada e descansada, e está usando um vestido como um quadro do Monet. São todos tons de verde, azul e branco. Elegantemente simples, com um decote profundo e babado. Eu quero apenas abraçar e sentir você através dele.

"Onde estamos indo?"

"Você vai ver..."

Te levo para algum lugar fora da cidade, para um restaurante cheio apenas de "nativos". Do jeito que você gosta. "Veja", eu falo, "nem mesmo o menu está escrito em inglês."

Quero te alimentar, pedir uma refeição de três pratos, mas você come pouco. Ou talvez esteja nervosa. Parece um pouco retraída. Mas continuo. Nosso tempo é tão curto, percebo. Amanhã você parte rumo à cidade eterna, onde ficará por uma semana.

"Talvez eu vá ver você no fim de semana." Acrescento que não vou para casa há um tempo. Você parece feliz, mas algo parece estar te prendendo, algo em sua maneira está contida. Culpo a falta de sono, a ressaca.

Rimos sobre as dificuldades que enfrentei o dia todo no trabalho. Você comenta que ficou preguiçosa e depois foi dar um passeio com uma amiga que fez no albergue. Ela te ajudou a comprar este vestido, você diz timidamente.

"É lindo." Quero dizer isso. Você é linda e quero você.

Mexe em sua comida e só parece interessada quando nos trazem a sobremesa. Mostro como mergulhar *cantucci* no licor doce. Coloco em sua boca, e dá uma mordida.

Mais tarde, no carro, estacionado em frente ao seu albergue, provo o *vin santo* em seus lábios. Você hesita no início, mas lentamente sinto o controle da noite derreter. Minhas mãos encontram o babado em volta do seu decote e mergulham pra dentro. Você suspira, mas não me impede. Seguro seu mamilo, duro como uma pedra na praia. Coloco minha boca sobre ele, e você geme, seus dedos em meu cabelo, me segurando.

"Você vem me ver?"

Naquele momento, estou pronto para fazer uma viagem ao espaço para te ver. Eu concordo, sim, sim, sim, movendo meus lábios para o seu pescoço. No carro, nos beijamos sem parar.

No próximo fim de semana, dirijo para a cidade eterna.

Chego lá na hora do almoço e te encontro em uma estação de metrô fora do centro da cidade. Está um pouco mais bronzeada. Tem andado muito, você me conta. Fala que ama esse lugar. Seu vestido rosa cai em camadas suaves até os joelhos. Que lindo, estou lhe dizendo, que lindo. Na saída da cidade, paro em um parque, longe dos pontos turísticos. Nós damos uma volta. Encontro alguns amigos da vizinhança que olham para você com curiosidade. Te compro sorvete em um copinho. Uma colher de limão, da cor do verão. E você come com delicadeza, lambendo a ponta da colher como um gato. Em seguida, partimos.

"Para onde?"

Mais uma vez, não te falo. Estou levando você para o mar. Esta cidade costumava ser um porto há mil anos e não estamos muito longe da costa. Quando chegamos, você parece emocionada, ainda mais do que quando a levei ao mosteiro. Estacionamos e caminhamos até a praia, um longo trecho de areia com fileiras de restaurantes em tendas. Caminhamos até a beira da água de mãos dadas. Há algo em seus olhos que me apavora. Acha que isso é amor.

Também acho. Mas sei que é de curta duração. E você, temo, não sabe.

Te afasto de uma onda, mas ela espirra em você e molha seu vestido. Você ri alto como uma criança. Nos beijamos sob uma luz que está desaparecendo lentamente em um azul profundo. Em nossos ouvidos, o rugido do vento e da água. Caminhamos e finalmente decidimos parar em um restaurante e pedir vinho e jantar. Você não consegue parar de me tocar. E me beijar. Nos beijamos por cima de nossas entradas. Nosso garçom se diverte e sorri, e é paciente.

Esta noite é lagosta, declaro. Sentada grandiosamente em um prato. Embrulhada em folha de prata brilhante. Ajudo a cortá-la, separando a carne da casca.

Mas você está distraída e excitada e come em garfadas rápidas e erráticas. Dispensa a sobremesa, mas deixa encher seu copo.

Quando voltamos cambaleando para a praia, ela está vazia. Deitamos na areia e olhamos para as estrelas. Você canta uma canção sobre quedas e papel e como as estrelas são apenas luz velha.

Então você se volta para mim, radiante, e me diz para lhe ensinar xingamentos na minha língua. Acho que esse tipo de palavra não deve escapar da sua linda boca e, em vez disso, dou-lhe outras. Palavras para beleza, verdade e amor. Você não sabe e os repete com ferocidade, até que eu rio, e você adivinha e me afasta.

Mas seguro seu rosto em minhas mãos e a beijo, e você é suave e dócil. Então se move, e está sobre mim, seu peso em meu peito, e atrás de você eu posso ver apenas o céu escuro.

"Para onde vamos depois disso?", você sussurra.

"Para um hotel?"

Você faz uma careta. Para você, a ideia é desagradável. Inconveniente que se sinta assim, mas agora mesmo farei de tudo para agradá-la. Qualquer coisa, digamos, para estar em você.

"Podemos ir para onde você está hospedada?", pergunto.

Você balança a cabeça. É outro albergue, me diz, e está em um dormitório compartilhado.

Isso nos deixa com pouca escolha então. Podemos entrar furtivamente em minha casa, mas deve prometer ficar quieta. Você concorda solenemente.

No caminho, com a estrada escura e sem tráfego, adormece encostada no meu ombro. Dirijo todo o caminho em segunda marcha para não te acordar.

Em casa, o cachorro levanta a cabeça ao nos ver, mas não late. Minha mãe está dormindo. Caminhamos na ponta dos pés até o meu quarto, onde tateamos na escuridão. Caímos na cama e transamos até o amanhecer.

No dia seguinte, partimos quando minha mãe já saiu de casa, como sempre faz nas manhãs de domingo. Paramos em um bar para o café da manhã e pedimos um café e um prato de doces da padaria. Te dou um na boca e você diz que é delicioso, mas em seu rosto posso ver tristeza.

Sem perguntar, tenho certeza de que é porque voltarei dirigindo mais tarde. Amanhã, tenho que estar no trabalho. A cada hora que passa, posso sentir seu apego crescente. Mas com certeza você pode, e deve, ver isso pelo que realmente é.

"Por que não vou com você?", sugere. Só esta noite. E você vai pegar o trem de volta amanhã de manhã. Você me olha com tanta súplica em seus olhos que não tenho coragem de discordar. Como eu poderia dizer não? Porque não é que não gostaria de estar com você, mas sei que é impossível.

Pegamos algumas das suas coisas no albergue em que está hospedada e, em seguida, partimos novamente para uma bela noite de verão. O sol se põe longo e oblíquo na estrada, e o ar é de um dourado profundo e vivo. Você parece tão feliz ao meu lado. Eu estendo a mão e toco seu joelho. Você se vira para mim e sorri. Como nos contentamos em compreender tão pouco.

"Por que você escolheu este país", pergunto, "para suas férias?"

Você diz que era para me encontrar. E acrescenta que está brincando, é claro, mas eu sei que há pouco de verdade no que disse. Você fala que este ano completou trinta anos e que queria marcá-lo de alguma forma. "Então, escolhi viajar...

por conta própria... porque queria aprender como é tranquilo viajar sozinha..." Em algum lugar em você, eu sinto, como em todos nós, uma necessidade profunda e dolorida de amor. Sentamo-nos em silêncio por um tempo, viajando silenciosamente pela rodovia, trancados e isolados no carro. No rádio, alguém canta sobre um milhão de rostos passando, como são todos iguais e nada parece mudar. Quem sabe, quem sabe, o cantor canta, o que o futuro reserva. Será com você?

É terrivelmente piegas, mas nesta viagem, estranhamente não é assim. Eu sei que não há futuro com você. Que nos encontramos e nos separaremos. Que é apenas o aqui e agora, não importa o quão longe nossa intimidade pareça se estender no futuro. Não posso imaginar como você se recusa a ver isso. Como pode? Tudo o que posso fazer é ignorar. Mas direi uma coisa sobre o espaço entre nós. Você o encheu de esperança. Essa é a coisa terrível que vejo em seus olhos. Esperança.

# O CRUZADO

Estamos separados por um quarto.

O escritor que o habita é recluso; faz as suas refeições separado de todos nós e sai para caminhadas solitárias. É uma questão de idioma, pensamos, quando conversamos sobre ele à noite, ao nos reunirmos na varanda para beber e jantar. Ele, gosto de pensar, está imprensado entre o desejo. Você e eu. Não digo isso, é claro, não na frente dos outros.

Quando finalmente a beijo, naquela noite, quando não há um sapo em seu quarto, você me diz que tenho um rosto delicado. Que percebeu na primeira vez que nos encontramos. Era fim de tarde, o sol de inverno um prateado pálido, e eu estava sentado à mesa da varanda. Você estava atrás de mim. Olhei para trás. Você estendeu a mão. Levantei-me, sorri e toquei seus dedos com os meus. Eu estava lá há uma semana; você tinha acabado de chegar.

Depois disso, não conversamos por muito tempo.

Aqueles que fingimos ignorar são os que mais percebemos.

E assim foi nos primeiros dias. Quando íamos para a sala de jantar comum para o almoço, ou para fazer o café da manhã ou chá na cozinha da varanda. Você ficava muito no seu quarto até então. Todo mundo faz isso quando chega pela primeira vez. Mas somos um grupo amigável, nós sete, além do estranho escritor, e acho que o gelo quebra corretamente na lua cheia. Naquela noite, quando ela está maior do que qualquer coisa que nós, moradores da cidade grande, vimos em nossas vidas, ou pelo menos por muito tempo, talvez desde nossa infância. Não me lembro quem sugeriu que saíssemos. Poderia ter sido você? Você é assim, noto. Impulsiva. Ideias saltando como cavalos selvagens. Gosto disso. Me faz imaginar que, com você, tudo poderia acontecer; que sempre haverá surpresas.

Então saímos em tropa. Com nossos chinelos, shorts e pijamas. Permanecemos no caminho por um tempo e depois mudamos para o local onde construíram uma área de atuação ao ar livre. Parece uma ruína, intencionalmente ou não, não tenho certeza, mas é feito de pedra e parece medieval. Sentamo-nos no topo do telhado que se projeta sobre o palco. Enrolei um baseado e passei adiante. Você dá pequenas tragadas rápidas. A conversa é solta e fácil. Há um dramaturgo, um artista sonoro, um tradutor e a maioria dos outros são romancistas. Incluindo você, eu acho. Não perguntei ainda. Raramente sou tímido, então não sei por que estou me comportando dessa maneira, como uma espécie de adolescente apaixonado. Você está vestindo branco e, ao luar, o tecido brilha como se estivesse aceso por dentro. Logo, alguém se prontifica para dar a todos nós uma performance – algumas linhas de Shakespeare ("Beber ou não beber, eis a questão", "Para uma cervejaria, vai"), com pausas e gestos dramáticos, e eles se juntam para uma dança interpretativa improvisada. Estamos todos histéricos. Claro, a erva ajuda. Você e eu olhamos um para o outro enquanto rimos. A lua sobe um pouco mais alto; as árvores se dobram com a brisa.

Na noite seguinte, somos só você e eu.

Ninguém mais parece disposto a dar um passeio. Além disso, é tarde, muito mais tarde do que o normal, e desta vez todos se retiraram para seus quartos.

"Mas que desperdício de lua", você diz, e eu declaro que não será desperdiçada. Saímos para a escuridão. O lugar em que estamos fica dentro de uma escola de dança clássica no meio do nada. As únicas luzes vêm de nosso prédio ou de outros localizados mais dentro do campus. Aos nossos pés, a terra está vermelha de raiva, e à noite é profunda e escura como sangue. Caminhamos ao longo do caminho, mas não nos desviamos dele. Parece muito mais do que uma caminhada. Mais à frente, podemos ver o brilho metálico do portão. Além dele, há campos e fileiras retas de árvores nas bordas.

"Será que está trancado", você pergunta. E de repente, de alguma forma, sua pergunta se refere a muito mais do que apenas o portão.

Se estiver aberto, decido em silêncio, há esperança. Se não estiver, damos meia volta e retornamos para nossos quartos separados, nossas vidas separadas. Seguimos em frente, nossos chinelos triturando terra, pedras e folhas caídas. Chegamos lá, nossas mãos espalmadas nas barras como prisioneiros. Estamos trancados e tudo diante de nós desaba sobre si mesmo, fora de nosso alcance. No entanto, para não ser derrotada, você empurra; ajudo você e algo faz um clique. Vemos que a fechadura não foi trancada. Puxamos a trava e o portão se abre. Somos crianças evasivas.

"Alguém não nos alertou sobre leopardos ou algo assim?", sussurro.

"Sim."

Nós rimos, dando um passo além da fronteira. A estrada é irregular com grama e lama removida por pneus; há um grande trecho que está lamacento por causa da chuva do dia anterior. Estamos um pouco além do portão, a noite pressionando forte ao nosso redor. Na grama, uma rajada de prata se move. Nós ofegamos e apertamos as mãos um do outro e não soltamos. No ar, uma mistura inebriante de medo e excitação.

"Vamos seguir em frente?", você pergunta. Concordo.

Seguimos a curva da estrada, passamos por um aglomerado de arbustos e paramos na beira de um campo que parece infinito. O horizonte se confunde com a escuridão do céu. Sabemos que não podemos seguir em frente, por enquanto.

Os dias passam em alegria.

Apesar do que eu faço e no que estou trabalhando, estou feliz. Na verdade, faz muito tempo que não me sinto assim, de repente desperto e cheio de vida. É você. É você. É por sua causa. Mesmo agora, no auge de dezembro, a primavera acena. Você poderia dizer que nas primeiras semanas nada aconteceu entre nós, e isso seria verdadeiro ou falso. Não consigo manter meus olhos longe de você. Vejo você fazer chá. Mexer seu cereal. Virar as páginas do seu livro. Falo com você, de você, incessantemente como uma criança. E você se senta perto de mim no sofá de cana. Você passa perto como um sussurro no corredor, na varanda. Quando nos desejamos boa noite, é com saudade. Não há outra maneira de dizer isso. Uma vez, ouço você gritar, corro para fora do meu quarto e vou até sua porta. O tradutor também está lá. Tem um sapo no seu quarto. É minúsculo, mas você odeia sapos. Você está apontando para o canto. Nós dois o enxotamos, batendo os pés, batendo palmas, rindo. Nós te provocamos; está docemente envergonhada. Saímos, mas fico na porta e olho para trás, para você, para o seu quarto, que cheira a você e a algo cítrico.

Então, eu desejo que um sapo esteja em seu quarto todas as noites.

Desejo ser o sapo em seu quarto.

Finalmente, pergunto no que você está trabalhando nesta residência. É uma tarde fresca e arejada, tranquila como uma igreja, e estamos sentados com xícaras de chá na varanda. Não sei onde todo mundo está; eles não estão aqui e espero que continue assim.

Você diz que está aqui por causa de seu local de trabalho, uma livraria, que está trabalhando na montagem de seus arquivos, e este lugar parecia perfeito.

Embora você deseje estar envolvida em um projeto mais... pessoal.

"Como o quê?"

"Tipo... eu não sei... escrevendo um livro."

"Sobre o quê?"

Você faz uma cara engraçada antes de dizer "amor".

Digo que isso definitivamente não foi feito antes.

Você ri. "Algo épico."

Sim, amor épico, isso também é novo.

Você diz que não pode me convencer, é claro – não assim –, mas talvez um dia você escreva o livro, e eu o leia e entenda o que você quer dizer.

"Estarei nele?"

"Todo mundo que eu amei, ou amo, estará nele."

E você sorri para todos os tipos de lembranças, tenho certeza, e fico com ciúme de suas lembranças porque esses são momentos em sua vida dos quais nunca farei parte, e os imagino grandes e exuberantes em sua cabeça.

"Ah", eu pergunto maliciosamente, "e quantas vezes você já se apaixonou?"

Você toma seu chá, um tipo estranho, verde, com pedacinhos de arroz torrado, e dá de ombros.

"Como é que se sabe? Pode ser amor sempre. As pessoas pensam que é difícil, que é a coisa mais difícil do mundo…, mas amar é fácil."

Meu coração se contrai, se expande. Tenho inveja de quem quer que seja essa pessoa, ou sejam, que recebeu seu afeto. Também estou feliz, porque você é capaz de amar.

Talvez você possa me amar.

"Qual foi o mais duradouro?"

Você olha para fora, para nada em particular. "Cinco dias…"

Exclamo, "Isso é verdade? Como assim? Você nunca teve um relacionamento longo?".

Por anos, você responde, com um músico. Ou pelo menos alguém que você espera que agora seja músico. Mas cinco dias, às vezes, podem parecer uma vida inteira.

Penso sobre nosso quase mês aqui e digo que é verdade.

"Onde você o conheceu? Quando?"

"Alguns anos atrás… enquanto eu estava de férias… então, obviamente, eventualmente eu tive que partir…"

Você fica em silêncio; está em outro lugar. A brisa sopra seu cabelo para longe de seu pescoço, e desejo tocá-lo, correr meu dedo pela linha de sua garganta.

"Por que ele?", quero saber e não quero saber.

Você leva um momento para responder. "Pensando nisso agora, não sei se foi ele em particular… Às vezes, o que é externo também desempenha um papel, não acha?"

Digo que não tenho certeza se entendi.

"O que quero dizer é que sentimos que é a hora certa para se estar apaixonado… a idade certa… a época certa… a certa qualquer coisa… e a pessoa é acidental."

"Então você está dizendo que o maior amor da sua vida poderia ter sido… qualquer um?"

"Sim." Você ri e toma seu chá. "Suponho que não seja totalmente verdade... Ele era bom e muito fofo... e naquele momento, muito certo..."

E sorrio, mas em algum lugar uma pontada de ciúme queima profunda e ardentemente.

"E você?", pergunta. "O que você faz?"

Digo-lhe que trabalho na mais solitária das vocações.

"Você é... um poeta?"

"Pior. Publico poesia."

"Oh céus."

Rimos por um momento, antes que você me pergunte por quê. Normalmente, essa não é a primeira coisa que as pessoas perguntam. Elas dizem que é maravilhoso, ou nobre ou incrível.

Digo que meu pai era poeta. Bem, ele também foi professor, mas sempre um poeta. Ele escrevia em um idioma diferente do inglês e, depois que morreu, como não havia mais ninguém para fazer isso, traduzi seu trabalho e não encontrei ninguém para publicá-lo.

Então, larguei meu trabalho como jornalista – "Era péssimo no que fazia de qualquer forma" – e abri uma editora independente. Minha editora, lhe digo, funciona principalmente com amor, ar puro e financiamento estrangeiro. E inacreditavelmente, ainda estamos aqui, de alguma forma não afundando.

"Deve ser difícil", você diz simplesmente.

É, mas ninguém me disse isso também.

"Então, e agora?"

Então, agora estou montando uma antologia.

"Que tipo de antologia?"

Estou quase com vergonha de dizer, porque espero impressionar você, só um pouco. "Uma daquelas antologias de "comemoração de uma década de versos"..."

"Você já faz isso há dez anos?"

Confirmo, e neste ponto, eu não posso deixar de admitir isso.
"Nós. Nós fazemos…"
"Você e…?"
"Minha esposa."
"Ah." Seu tom é inescrutável.
Como posso dizer o que realmente é? Não sei por onde começar.
"Quanto tempo você ficou casado?"
Meu chá está frio e sem gosto. "Dezessete anos."
"Vocês dois deviam ser tão jovens."
"Sim", digo, "várias vidas atrás."
"Qual é a sensação?", pergunta.
"O que você quer dizer?"
"Estar com alguém… por tanto tempo…"
Penso em como cinco dias podem ser uma vida inteira, um mês também. Dezessete anos é curto em comparação. O que quero dizer? Eventualmente, decido pela verdade.
"Somos bons… companheiros."
Seu rosto está enigmático. Quero pegar sua mão, mas seus dedos estão enrolados firmemente em torno de sua xícara vazia, como se por algum milagre ela os estivesse mantendo aquecidos.

Naquela noite não há sapo em seu quarto, mas você me pede para verificar mesmo assim. Sem rãs. Sem lagartos.
Então ficamos no centro, olhando nos rostos um do outro.
"Você acha que algo poderia ter acontecido se…"
Termino por você, "Eu não fosse casado?"
Você concorda.
"O que você acha?"
Estamos tão próximos que posso sentir sua respiração em meu rosto.

"Não sei...", pela primeira vez, ouço um traço de nervosismo em sua voz e é isso que me faz inclinar e beijar você. Você pega meu rosto em suas mãos. Quando nos separamos, ficamos quietos. O mundo conspira para silenciar. Lá fora, os grilos pararam. Os cachorros estão longe. O vento está calmo. Por quilômetros, só há o som de nossa respiração. Você traça minha mandíbula com os dedos e me diz que tenho um rosto delicado.

Nós nos beijamos novamente. Desta vez com mais urgência. Minhas mãos viajam pelas suas costas, mas é quando você se afasta.

"Ok", sussurra, "você deve ir..."

Estou morto. Mas digo boa noite e vou embora. Fico acordado a noite toda pensando se isso vai acontecer de novo. Se haverá mais. Penso no portão e em como sentimos ele sob nossas mãos. Como se abriu e nos permitiu sair.

No dia seguinte, há novidade e um frisson de algo que ainda não se solidificou. O ar está repleto de possibilidades infinitas. Quando saímos de nossos quartos, até o café da manhã é uma aventura. No entanto, a luz do dia, como tem de fazer, nos mantém separados. Na maioria das vezes. Consigo entrar furtivamente em seu quarto como um colegial depois do almoço e deitamos na cama. Não nos despimos, nem vamos além de beijos castos. Há a noite para isso, e mal consigo me conter. O dia, porém, parece terrivelmente longo. As horas zombam de nós, alongando-se e passando lentamente. Você sai para passear ao final da tarde, com o tradutor e o artista de som. Estou sentado na varanda trabalhando e posso ver vocês três recuando enquanto caminham pelo campo. Vá, vá, penso comigo mesmo, e volte com o crepúsculo em suas mãos.

Quando volta, seus sapatos estão vermelhos empoeirados, da terra que é cor de fogo. Preparei o jantar para você. Bem, eu preparei o jantar para todos. Um *curry* de frango do campo que se come com grãos locais pastosos. Este também é pesado e vermelho-terra, cozido no vapor e enrolado em uma bola que pegamos, amassamos e misturamos com molho. Você está com fome; come com as mãos, mas como quem não está acostumado. O que mais essas mãos podem fazer?

Estou distraído e agora irritado com o dia sem fim. As pessoas estão com vontade de se demorar. O álcool é trazido para fora; bebidas são servidas. Como gostaria que todos dissessem que de repente se cansaram, desejando boa noite uns aos outros e se retirando. Mas eles não querem. Há conversas e música, e acho que vou explodir de raiva. Em antecipação. Por um segundo, acho que nada vai acontecer esta noite. Que devemos esperar novamente até o dia de amanhã. E se o fizermos, morrerei.

Por volta da meia-noite, porém, o grupo diminui. As pessoas começam a vagar de volta para seus quartos. Nós somos deixados junto com o dramaturgo e o tradutor. Os insetos circundam as luzes. Um sapo pula de debaixo da pia, dando um susto em você. Estou mais calmo. Sabendo que haverá tempo para ficarmos juntos.

Finalmente, todos nós nos levantamos para sair. Você me dá uma olhada. E eu entendo. Iremos para nossos quartos separados e depois me juntarei a você.

Espero impaciente cinco minutos no escuro, na minha própria cama, e então corro para a sua porta. Você está deitada na cama, vestindo o que usava naquela noite de lua cheia. Branco. Tudo se reduz ao nosso beijo. O dia aconteceu apenas para nos trazer até aqui, a este momento. Você desliza suas mãos por meu peito, meu ombro, minhas costas. Beijo seu pescoço e você geme baixinho. Estou em cima de você, mas tentando manter meu peso leve. Não quero assustar você, nem parecer ansioso demais. Logo estou tirando minha camisa. Você mantém a sua. Exceto que lentamente desfaço os primeiros botões e deslizo minha boca para baixo. Vejo a ponta do seu sutiã, branco e rendado, e tenho vontade de chorar. Empurro-o de lado lentamente com minha língua, e quando minha boca encontra seu mamilo, você suspira. Não consigo, não consigo me cansar de você. Mas tenho medo de me apressar. Então, respiro fundo e tento diminuir o ritmo. Você parece não ter pressa. Tiro o pijama e fico nu.

"Puxe", sussurro, enquanto seus dedos agarram os pelos do meu peito. E machuca. E é excelente. Você tirou a blusa e o sutiã.

É tão bonita.

Não fiz nada tão devagar desde que era adolescente e sexo estava fora de questão. Queimamos lentamente. Algo que eu não fazia há muito tempo. O sexo geralmente é sempre realizado com pressa. O prelúdio é ofegante e apressado, para que possamos chegar ao ato rapidamente. E também acaba rápido. Agora, porém, não sei para onde estamos indo. Você me mantém adivinhando. Você saboreia o beijo, o contato de pele sobre pele, os dedos encontrando fendas e linhas, o despir de forma lenta.

Em algum momento, minhas mãos deslizam sobre sua barriga e descem até o topo de sua cintura. Roçando o elástico que te abraça. Você coloca a mão suavemente na minha.

"Não podemos..."

"O quê?", não tenho certeza se estou ouvindo direito.

"Esta noite... quero dizer, não esta noite..."

Antes que consiga evitar, pergunto por quê. Não deveria. Não é certo.

Mas você não parece perturbada. Você me diz que está menstruada.

Não me importo, murmuro em seu cabelo, em seu ouvido. Realmente não.

"Mas eu sim."

Digo que entendo e beijo você profundamente, minha mão deslizando de volta para cima. Você pode me sentir, sei que pode, pressionando contra sua coxa. E não posso deixar de me esfregar contra você, lentamente, como se estivesse me movendo em você. Você molha sua palma e coloca a mão em mim. Por um momento, não consigo respirar. A vida foi arrancada de mim. Você move seus dedos, escorregadios de saliva, e me segura na palma da mão. Jogo minha cabeça para trás e gemo. Não consigo me conter, mesmo nestes aposentos silenciosos. Na escuridão, o mundo se reduziu a esta cama. Aí você me faz deitar, fica por cima e... mal posso acreditar... começa a descer. Já houve sexo com muitas outras mulheres, em viagens de trabalho, conferências e festas regadas a bebidas no escritório, mas há muito tempo. Sua boca é quente, macia e mágica e me leva até o fim e de volta ao topo, e de volta ao topo. E mais rápido. Seus dedos massageando junto com seus lábios em algum padrão infinito de desejo.

Não demoro muito e sinto que o quarto se enche com minha respiração, e amor, e o seu cheiro e o meu e a umidade.

Mais tarde, você se deita com a cabeça no meu peito. Meu braço a sua volta. Ainda não amanheceu, mas deve estar perto. Estamos agradavelmente cansados, mas sem dormir. Posso nunca mais dormir. Você está vestida; estou nu.

Corro meus dedos pelo seu rosto, seu ombro, seu braço.

"Quando foi sua primeira vez?", pergunto.

Acho que ouvi errado, porque você murmura algo sobre um banquinho de cozinha. "O quê?"

Você se volta para mim. "Nada."

"Está tudo bem se você não quiser me dizer...", não está; quero saber desesperadamente.

"Não, não é nada disso...", você estava quase terminando a universidade, havia um garoto em seu quarto.

Uma dor aguda, sem sangue. Foi muito... ordinário.

"E a sua?"

Minha primeira vez foi com um homem, respondo.

"Ah?"

Gosto do pequeno drama que isso cria. "Sim, colega do meu pai... professor de inglês... eu era jovem, ele era muito mais velho..."

"E então você se casou logo depois?"

"E então eu me casei logo depois."

"Você nem sempre foi... fiel?"

Quando fico em silêncio, você se desculpa.

Pego sua mão no meu rosto. "Você nunca tem que pedir desculpas."

Beijo você de novo e de novo. Você tem o meu gosto.

"Minha esposa e eu paramos de dormir juntos... não sei há quanto tempo... e agora, bem, como eu disse... somos companheiros..."

Deito-me, olhando para a escuridão pálida; posso ver o contorno do ventilador, as vigas de madeira correndo o teto.

"Ela sabe?"

"Acho que sim... não sei..."

Você coloca a mão na minha bochecha, como fez quando disse que eu era delicado. "Se você já esteve com outras pessoas... por que ainda continua casado?"

Por um longo tempo, fico em silêncio. A questão é uma faca em meu estômago, meu coração. Acho que você sabe disso e espera que eu responda, mas não sei.

"Anos atrás", você diz, quebrando o silêncio, "eu fiz a outra pessoa a mesma pergunta... um homem mais velho, um homem casado..."

"E o que ele disse?"

Você se vira para mim, seus olhos cheios de pena, acho. Isso me mata.

"Ele disse que não era o tipo de pessoa que ia embora… e você sabe o que isso significa, não é?"

"O quê?"

"Que ele sempre seria o único a ser deixado."

"Eu também era assim, sabe…", você continua, "Uma "deixada", se existe tal palavra, e não quem deixava… mas não mais, gosto de pensar…"

Viro-me para você e pergunto, "O que acontece quando você deixa pessoas?".

Você hesita por um breve momento. "Isso permite que vocês dois cresçam."

Essas palavras também são facas, e sou aberto e iluminado ao mesmo tempo.

No que diz respeito à minha esposa, quero dizer a você que nunca desejei ser a causa da dor, que isso faria de mim uma pessoa má. Que eu iria me julgar, e me julgar tão severamente que me mataria. No entanto, eu sei, sei que faço isso de qualquer maneira. Detesto-me pelo que acabo fazendo e não faço.

Talvez porque você sinta o clima em espiral, você me beija suavemente no pescoço, depois com mais força, para deixar uma pequena marca. Faço isso no seu peito. Mais baixo. Para mostrar que de alguma forma, pelo menos enquanto durar, você é minha. E então, assim como a memória de mim, vai desaparecer.

"Você está triste?"

Aceno que sim.

"Por quê?"

Mal consigo me forçar a dizer isso. Que estou feliz, e isso também é o nosso fim.

"É como chegar a um aeroporto, não é?", começo. "E já imaginando sua partida do lugar... Já está incorporado. Estamos sempre chegando e saindo ao mesmo tempo."

É insuportável. Nos abraçamos como se fosse a última vez. Mas não é. Não pode ser, digo a mim mesmo. Eventualmente, exaustos, caímos no sono.

Mas estou vacilante. Estou com tanto medo de roncar, ou deixar você com pouco espaço, ou esmagar seu braço, que acordo, ao que parece, a cada poucos minutos. Logo posso ver uma luz branca passando pelas venezianas. Cai suavemente em seu rosto. Quando posso ver a curva de sua bochecha, o contorno de sua testa, seu contorno claramente, sei que devo ir.

Abro a porta. Está amanhecendo.

Encontro o escritor no corredor. Desejamos um bom dia um ao outro como se fosse a coisa mais normal do mundo e continuamos nosso caminho. Ele em sua caminhada e eu para o meu quarto.

# O GUARDIÃO DO FAROL

Na noite em que decidimos nos casar, estamos bebendo vinho barato (mas orgânico) da loja da esquina.

É nojento. Tão nojento que viramos os primeiros copos para que o resto não tenha um gosto tão ruim.

Estamos sentados em sua sala, sua pequena sala, nesta cidade com um rio, que está cheia de prédios com quartos pequenos. Você me disse que muita coisa mudou desde a última vez que esteve aqui, estudando, menos isso.

"E quando foi isso?", pergunto.

"Quase dez anos atrás."

Desta vez, você não está aqui para estudar.

O instituto cultural estrangeiro ao qual está ligada em seu país a enviou em uma visita de intercâmbio ao escritório deles por um ano. Você estava feliz com isso, me diz, até perceber como tudo é caro aqui e, pior, como fica frio quando chega o inverno.

Então, aqui estamos nós, com o aquecimento ligado, a garrafa esvaziando e a conversa fluindo livremente.

Admito que tudo isso é muito novo para mim.

Como o tempo é tão fácil e parece desenrolar-se indefinidamente diante de você. Nunca conheci ninguém que não parecesse se importar onde os ponteiros do relógio estão, que formato os números assumem em um relógio digital. Para mim, quando por toda a minha vida tive que contabilizar minhas horas, é como chegar a um oásis secreto em algum lugar no deserto, onde as flores estão perpetuamente desabrochando.

Você é assim.

Com você meus dias e noites são... mais soltos. Menos como molas bem enroladas.

Que sorte termos nos conhecido no início de seu trabalho aqui.

Alguém que você conhecia que conhecia alguém que me conhecia. Fomos convidados para jantar e cozinhamos juntos. Nós dois sentados à mesa, eu cortando tomates cereja, você bebendo uma taça de vinho sem pressa. Eu com minhas quantidades cuidadosamente medidas. Você com sua "uma pitada disso" e "um punhado daquilo". Algumas semanas depois, nos encontramos em um show. Fomos com alguns amigos. Conversamos facilmente a caminho de casa. Percebi que gostava de falar com você. Outra vez, alguns de nós assistimos a um show de comédia *stand-up* barato (e terrível) e depois saímos para jantar. Coreano. Foi uma novidade para mim e, de alguma forma, parecia apropriado que eu tentasse todas essas coisas novas com você. Então você e eu fomos para seu restaurante japonês favorito, aonde os pratos chegavam até nós por uma esteira transportadora. Isso também foi um mundo totalmente diferente. O quanto conversamos sobre de onde você veio e de onde eu vim. Quão diferentes são nossas vidas, agora tão irrevogavelmente entrelaçadas.

Você me disse que não estava com ninguém. Nem eu.

E quando falamos sobre amores anteriores, fomos sinceros. Estive com alguém por sete anos, mas nós terminamos quando eu disse a ela que eu sentia que estava em uma jornada de descoberta que tinha que fazer sozinho.

"Que tipo de jornada?"

E contei tudo a você, sobre a confusão, a atração, a culpa. Pensei que era uma aberração.

Você disse baixinho: "Não existe tal coisa".

Você é meu espaço sem julgamento. Com você, estou seguro.

Você me falou sobre um músico. Alguém com quem você não conseguiu terminar. Um ou dois homens mais velhos.

"Eles eram casados?"

"Não."

"E transas de uma noite só?"

Você balançou a cabeça.

"Você?", perguntou rapidamente.

Ri. "Uma vez, quando eu tinha dezesseis anos e estava em uma viagem escolar no Canadá." Não me lembro o nome dela, mas me lembro que ela era magra e tinha longos cabelos trançados.

"Todas as coisas que eu te digo... incomodam você?", queria dizer "enojam".

"Nem um pouco." Seus olhos estavam cheios de bondade. E te beijei e beijei mais um pouco.

Às vezes, respiro fundo porque não consigo acreditar que tivemos a sorte de nos encontrarmos em um universo vasto e em constante expansão. Você é linda e talentosa, de algum lugar que só posso imaginar. Um lugar sobre o qual apenas li ou vi em tela.

Naquela noite, apesar do vinho, você parece para baixo.

Você fica em silêncio, olhando pela janela, para telhados e chaminés escurecidos pela noite. Entro em pânico.

Não quero que você caia nesse estado de espírito, então conto piadinhas e faço o papel de palhaço.

Minhas travessuras fazem você rir e melhorar um pouco o seu humor. Em seguida, deitamos na cama, próximos e em silêncio.

"O que foi?", pergunto. "O que está te incomodando?"

Você hesita, e então me diz em uma torrente, como se tudo estivesse se formando em sua cabeça por dias, como uma nuvem de chuva. Você diz que não deseja entrar em nada que precise abandonar em alguns meses, quando sair da cidade. Que não vale a pena a dor e a mágoa. Você está cansada de perder. E quanto a mim, você me diz, gostaria de permanecer aqui, mas que nesta época é impossível encontrar um emprego para o qual você pudesse obter um visto. Acho que nunca tive que me candidatar a um, então acho muito confuso, mas você me explica pacientemente e diz que é por isso que é melhor nos separarmos.

"O que mais podemos fazer?", estou desesperado agora, as coisas não deveriam desmoronar tão rapidamente.

"Nada."

"Deve haver algo", insisto.

"Nós poderíamos nos casar", você brinca.

"Vamos."

"Você pode querer pensar sobre isso..."

Digo que já pensei.

Em vez de se levantar alarmada, você se comporta como se eu tivesse perguntado se gostaria de outra taça de vinho.

"Ok."

Não acreditamos, como você diz, em toda esta merda, nesta instituição do casamento, progressistas que somos, mas ela nos manterá no mesmo lugar, e parece um movimento ousado e impulsivo – todas as coisas que nunca fui, realmente.

Sou do outro lado do canal, do continente, mais ao sul, uma pequena cidade nas montanhas. Meus pais se mudaram para lá de uma parte pobre do país quando eram jovens e se esforçaram para ter "sucesso". É a história de todos os imigrantes.

E então tínhamos que ser bem-sucedidos também, meu irmão mais novo e eu. O tempo todo. Foi a única maneira que sentimos que merecíamos o amor de nossos pais. Tínhamos que merecer. Com cada boa nota e gol marcado, com cada volta concluída e ganha, com cada teste finalizado.

O amor tornou-se performance.

E por você, estou pronto para fazer o meu melhor.

Como quando você me diz timidamente que está tentando trabalhar em seu primeiro livro.

Estou tão orgulhoso. Vai ser um grande sucesso, te digo. Quero ter certeza de que direi a você as coisas certas na hora certa. (Não vai acontecer sempre, eu sei, não sou burro. Mas vou tentar.)

Agora que você está aqui comigo e vai ficar comigo, é o mínimo que posso fazer.

Para nos conhecermos melhor, moramos juntos, neste estúdio em um prédio em uma encosta. Estamos em frente a uma escola de dança para crianças, e durante o dia há música e bailarinas, e sinto que não poderíamos ter escolhido um lugar melhor para começar nossas vidas juntos. É artístico o suficiente, espero, para você.

Não é algo sobre o qual eu saiba muito.

Não tive muito tempo na minha vida para desenvolver uma... estética, acho que é assim que chamam.

Você tem isso em abundância. As roupas que você veste, a maneira como organiza um quarto, os pedaços estranhos que coletou daqui e dali se reunindo em algum tipo de sinfonia caótica e adorável. Você é cinco anos mais velha do que eu. Talvez isso tenha algo a ver com isso.

Na maior parte do tempo, tenho estudado. (Acho que você gosta disso em mim.) Trabalhando no meu PhD, vasculhando meu mundo acadêmico como um rato. É assim que você me chama. Eu digo que pareço com um rato também, e você diz não, isso não é verdade. Você passa as mãos nos meus braços, no meu peito.

Corro um pouco, malho e isso me mantém em forma. Pelo que parece, acho que você gosta.

Então, aqui estamos nós em nossa casa.

Quem diria que a vida poderia ser tão selvagem e cheia de surpresas?

É difícil acreditar que em breve compartilharemos muito mais do que apenas o espaço desta sala.

Estaremos ligados, inextricavelmente, para sempre. Embora já tenhamos discutido sobre isso, é claro, e estamos fazendo isso pelos mais variados motivos. Estamos mostrando um grande dedo do meio para um país onde você pode permanecer se tiver um emprego, mas não se se apaixonar. É isso que estamos fazendo. Um gigante foda-se. As pessoas sempre encontrarão maneiras de ficar juntas, declaramos, e as fronteiras não podem impedi-las. Estou feliz por concordarmos em coisas assim. Eu acho que é importante. Enquanto isso, cozinhamos um para o outro. Eu, alguns pratos carnudos com molho e ervas e outras coisas, e você experimenta vários pratos exóticos – algumas panquecas coreanas de frutos do mar que ficam grossas e granulosas (mas eu como e digo que são deliciosas), uma pizza que assamos no micro-ondas. Você gosta da sua bebida, então sempre chegamos em casa do supermercado com vinho ou cerveja, e recentemente você desenvolveu uma queda por cidra. Cidra de pêra em particular. Tento gostar também.

Estamos mantendo isso pequeno, essa coisa de casamento. Não queremos marcar a data com nada mais do que um dia tranquilo com alguns amigos. Minha família virá, e a sua também. Além disso, não temos dinheiro para algo grandioso. Embora, mesmo que o tivéssemos, não o faríamos. Simplesmente não é o tipo de coisa que faríamos.

Você faz os convites à mão, com recortes de papel, fitas e tintas.

Acho terrivelmente fofo o que você faz.

Este é o nosso verão de muito amor.

Lemos, escrevemos e andamos pela cidade. Gostamos de comer refeições agradáveis fora, de ir a um bar para tomar uma cerveja. Você gosta de visitar exposições e mostras de arte, e não quero chatear ou desapontá-la dizendo que não me importo muito com eles. Ou de forma alguma. Então, te acompanho.

"O que você achou?", você vai perguntar quando sairmos do teatro, da galeria ou do museu, e eu sinto uma certa pressão para ser inteligente e armado com a opinião certa. Mas sei que te deixa feliz ser "cultural" assim, então eu tento. E acho que, no geral, entendi direito, porque você parece satisfeita. Às vezes, quando digo que realmente não entendi algo (acho que às vezes você esquece que nossas origens culturais são de mundos separados), um olhar de aborrecimento cruza seu rosto. Você é terrivelmente impaciente, meu amor. Gostaria que você fosse mais gentil comigo às vezes.

Assim como quando você diz: "Não lemos os mesmos tipos de livros", e sinto nisso um mundo de julgamento. O julgamento silencioso e tácito é o tipo mais severo.

Nestes tempos, acho isso difícil.

Velhos sentimentos surgem. Principalmente de indignidade.

Tento e luto nessa discussão, dizendo que leio outras coisas, e isso não importa? Não ficamos mais enriquecidos porque nossas estantes são tão variadas? Não seria chato ler os mesmos livros? Mas não insisto. Não quero te machucar. Acho que estou vigilante.

E atencioso.

Você gosta disso, posso sentir isso.

Quando carrego sua bagagem para o trem, e seguro a porta para você e pergunto se há algo que você deseja comer ou beber, ou se está com frio e deseja usar minha jaqueta, e se está confortável. É por isso que também gosto de comprar presentes para você. Um bolo doce, uma dúzia de kiwis frescos, um par de luvas com as quais você ainda pode usar seu telefone touchscreen, uma filiação a um museu de arte para assistir a shows de graça por um ano, uma aula de canto. Esses são meus gestos, que espero mostrar o quanto estou grato.

Gosto que saiba que penso em você quando estou longe.

"Não gaste tanto comigo", você dirá.

O que é engraçado, porque a única coisa de que você não gosta de falar é sobre dinheiro.

Isto é estranho.

Mas talvez, depois que nos casarmos, isso mude, porque então tudo que possuímos individualmente se tornará nosso.

O dia do nosso casamento vem e vai.

Simples, como queríamos. Uma cerimônia séria, um almoço, um brinde. O tempo permaneceu bom, o sol brilhou até tarde, deslizando pela cidade em longos dedos.

Adorável e outonal, ouvi você dizer. Você gosta de palavras assim. Outonal.

Depois disso, há uma calmaria.

E embora eu tenha toneladas de trabalho para colocar em dia, você se vê sem muito o que fazer.

Você lê, está inquieta. Você não pode escrever. Você está lutando com seu livro.

Estou preocupado. Mas não demostro. E se uma manhã você acorda e disser: "Isso não é para mim, estou indo embora?".

Então tento acalmar você. Há uma mostra de arte em algum lugar que você deseja assistir, e me resigno a acompanhá-la, embora eu esteja interessado nela tanto quanto estou em besouros de estrume. Mas tento mantê-la feliz.

Você também consegue um emprego, em um escritório próximo. Coisas de administração, como atualizar um banco de dados e selar envelopes. Acho que você vai morrer de tédio. Faz meu coração doer ver você sair todas as manhãs. Chapéu, casaco e luvas, porque está congelando agora. Você não reclama, mas é óbvio, como isso pode ser o desejo de alguém? É difícil nesta cidade com um rio, porque os aluguéis são altos (mesmo para quartos pequenos) e com apenas meu salário entrando. Não podemos sair de férias, mesmo depois do nosso casamento, ou comer fora quantas vezes quisermos, ou assistir a shows.

Isso me faz sentir que não sou o suficiente para você.

Em poucos meses, decidimos nos mudar para outra cidade, desta vez perto do mar. Não é longe e é bonito e, mais importante, mais barato. Posso ir uma vez por semana para dar minhas aulas e encontrar meus supervisores. Você pode ficar em casa e escrever, eu declaro.

Acho que é como um presente da minha parte, este gesto. Chega de trabalhos entediantes de administrador de escritório. Você é uma artista. Seus dedos são para coisas melhores do que selos e envelopes. Você aquiesce. E nós mudamos e montamos a casa, pequena, mas charmosa, com piso de madeira e lareira. Passamos nosso inverno aqui muito felizes. Nós descobrimos um amor pela compulsão por filmes, e estou começando a gostar de peixe e frutos do mar, embora não tanto quanto você. Descobrimos uma casa de chá, onde jogamos *Scrabble* e baralho. Temos noites tranquilas. Bebemos uma taça ou duas com conhecidos.

E então um dia você me pergunta: "Você não acha que estamos vivendo uma vida de aposentadoria?".

Estou despedaçado. E chateado.

Eu te dei uma casa e tudo que você poderia querer nela. Não entendo.

"O que você quer dizer?", pergunto.

"Só isso", você luta para responder, "vivemos como velhos".

Mas não devo mostrar minha raiva, ou minha mágoa, porque você está sendo honesta comigo.

"Entendo o que você quer dizer", digo, embora eu não entenda, mas tento. Nunca vivi uma vida de hedonismo. Eu me pergunto sobre você. "O que você gostaria de fazer?"

Você não consegue responder e parece exasperada. Começo a dizer: "Sei que não conhecemos muitas pessoas aqui, nesta cidade à beira-mar, e que..."

"Não há muito o que fazer, não é?"

Achei que estávamos ocupados, com nossas longas caminhadas ao longo do calçadão todas as noites.

"Vamos a algum lugar", você diz. E isso se torna, noto, um pedido recorrente. Vamos a algum lugar, a qualquer lugar, para sair dessa rotina. Não podemos pagar, quero gritar, mas não o faço, e pergunto aonde você gostaria de ir.

Você menciona uma ilha adorável e inclinada cercada pelo azul brilhante do Mediterrâneo.

"Sim", digo. "Bem, não podemos agora..."

"Ah, não seja tão pragmático." Você parece exausta. "Apenas diga sim! E vamos imaginar como seria andar por aquelas vielas sinuosas que se abrem para o mar."

Estou confuso com você. Você quer dizer o que realmente disse? Você está em algum voo da fantasia?

Isso acontece com bastante frequência.

Você de repente olhará para cima e proclamará que deseja ir a algum lugar, a cidade disto, a cidade daquilo, um país aqui, um país ali. Por favor. E digo com cautela que temos que planejar bem, porque não quero fazer promessas que não posso cumprir, e isso te incomoda. "Você não tem nenhum osso aventureiro em você", reclama, e isso me machuca. Sou um aventureiro à minha maneira. Por exemplo, antes de te conhecer, estava namorando homens que gostavam de se vestir de mulher e pessoas que não tinham um gênero para si mesmas. Você sabe disso, é claro, porque eu já disse, mas você parece pensar que só há uma maneira de ser um aventureiro: a sua. Ainda assim, não quero incomodá-la.

Então aprendo, como você diz, a jogar junto. Mas eu não entendo por que você se entrega a essa fuga inventada ou que prazer ela traz. Que felicidade pode haver em algo totalmente imaginário?

Da próxima vez que você diz: vamos aqui ou ali, finjo alegremente que concordo.

Quando você começa a escrever, fica mais calma.

Aí também aproveito alguns dias de trabalho ininterrupto, que é raro, e de que preciso desesperadamente, porque de que outra forma vou terminar esse projeto colossal de doutorado? Estou trabalhando, ganhando e ensinando e tentando mantê-la feliz, mas há demandas que surgem com frequência.

Uma refeição fora, uma cerveja, uma viagem à cidade com um rio, um show. E eu vou. Você é adorável, mas egoísta. É essa a palavra? Ou egocêntrica? Mas então você me diz que às vezes passa noites sem dormir. Que você se deita no sofá da sala porque não quer me acordar, e vê o amanhecer e ouve os sons da manhã, e meu coração se parte novamente.

Você se mudou para cá por mim.

Devo ficar do seu lado.

Portanto, às vezes fazemos essas viagens. Guardei algum dinheiro do meu estipêndio, ou mergulho em nossas economias, e alugamos um carro, e tudo vale a pena, eu acho, só para ver a sua cara quando saímos da cidade e pegamos a rodovia e há uma sensação de velocidade e selvageria ao nosso redor. Visitamos seus amigos no campo, aqueles com quem você disse que uma vez passou um verão e que a levaram a uma praia de seixos. Ficamos com eles em suas casas com corredores cheios de livros, e eles adoram que você esteja escrevendo. Eles me dão as boas-vindas e me tratam como parte da família. Sentamo-nos em volta da mesa de jantar e conversamos por horas. Você pergunta sobre um aluno que estava hospedado na casa quando você esteve aqui da última vez. Vejo que você muda com as pessoas ao seu redor. Você floresce, ri mais. Mesmo que eu tente fazer você rir no nosso apartamento. Faço danças bobas, imitações e te mimo. Sempre adorei me apresentar para deixar as pessoas felizes. Minha mãe costumava dizer que eu seria maravilhoso no palco, mas de que adianta dizer isso quando eles apenas me empurraram para uma carreira "segura" e empregos lucrativos. Finança. Economia. Lei. Meu irmão mais novo queria ser motorista de caminhão, declarou uma vez, e viajar pelo continente. Nossos pais riram disso, mas agora não vejo o motivo. Ele poderia ter sido mais feliz como motorista de caminhão do que como um consultor financeiro que trabalha como um cachorro. E certamente é isso que é importante. Eles até acham que esse PhD é uma perda de tempo. Acadêmicos não ganham dinheiro ou não ganham dinheiro suficiente. Mas quanto é dinheiro suficiente?

Você ainda não gosta de falar sobre isso.

Tentei envolvê-la na administração da casa. Você sabe, pagando as contas, mantendo as contas, mas você finge estar interessada e preocupada e depois se perde. Você gosta de fazer o papel de uma artista volúvel, eu acho. É um papel que desempenha bem. E também é conveniente porque significa que não tem que lidar com a... roupa suja, acho que é assim que chamam? As coisas chatas da casa. Você pode se concentrar em luzes de fada, emoldurar fotos e colecionar coisas estranhas de lojas de antiguidades. Uma garrafa verde, uma lanterna vermelha, um castiçal de vidro. Acho que isso lhe traz alegria, então eu permito, embora mal possamos pagar. Mas como você saberia?

Depois de estarmos na cidade à beira-mar por quase dois anos, decidimos nos mudar novamente.

Não para qualquer lugar próximo, mas atravessando o mundo, de onde você vem, seu país de origem. Estou confuso com meus motivos. Não acho que estou fazendo isso apenas por você, mas acho que isso desempenha um grande papel. Para nossa sobrevivência. Além disso, não é assim que "vamos a algum lugar" finalmente se torna real? Você está animada, eu acho, e nervosa. Estou preocupado. Mas me ocupo com a logística, com o planejamento e com o enredo. Está bem. Vai ficar tudo bem. Desmontamos nossa casa, os quadros, as cortinas, os livros e a roupa de cama. Todos eles são embalados em caixas de papelão ou doados. No ar, há uma sensação de aventura, apesar do estresse da mudança.

É a tomada de decisões que é mais difícil. Devemos ficar com isso? Isso deve ficar? Tudo deve ser pesado. De algumas coisas não podemos nos separar. Nossos livros são os mais pesados de todos. Nossas roupas nós selecionamos. Vamos estabelecer morada em outro lugar. Vai ser extremamente emocionante. No meio de tudo isso, não consigo trabalhar, mas tento não entrar em pânico. Haverá tempo, digo a mim mesmo, haverá tempo. Neste ano, mais ou menos, vivemos além de nossas possibilidades, mas você não sabe disso, e espero que possamos nos acomodar com mais conforto onde estaremos. Será mais barato. Vou conseguir um emprego. Talvez você também. Você tem contatos, diz alegremente, não vai ser difícil e eu gostaria de confiar em você.

Às vezes, não estou mais tão atento, porque é difícil estar sempre vigilante. Nós também brigamos. E eu saí pela porta e depois voltei envergonhado. São sobre bobagens, nossas brigas. Normalmente, quando eu finalmente explodo sobre ir ao pub pela centésima vez naquela semana, ou quando você vem com outro plano de fuga fantasioso. Mas eles me assustam, e acho que devo me desculpar continuamente. Acho que isso te confunde, mas não sei mais o que fazer. Tudo isso desaparecerá quando estivermos em outro lugar, tenho certeza.

Às vezes, acho difícil lembrar como era no início.

Quando chegamos em sua terra natal, ficamos com seus pais.

Isso não te agrada – é a casa onde seus avós a criaram quando sua mãe e seu pai estavam fora ("o tempo todo", você me diz), e você nunca superou essa lacuna –, mas não temos escolha. Acho que você só está satisfeita em ver a gata, uma criatura cinza listrada e nublada chamada Muji, que você me disse que resgatou alguns anos atrás. Você a trouxe para cá antes de sair para sua viagem de trabalho ao exterior. Ela é gorda, carinhosa e gosta de colo, e você fica feliz por se reencontrar, mas não é o suficiente para fazer você querer ficar. "Ficaremos aqui algumas semanas… um mês… e depois partimos", você me diz.

Então você se machuca.

É quase imediato. Mal tivemos tempo para nos recuperar ou nos recompor. E assim, em vez de sair e conseguir empregos e procurar casas para morar, ficamos presos.

Sou o cuidador. Você é a receptora.

Porque você mal consegue se mover.

São suas costas.

Algo saiu do alinhamento e causa uma dor imensa. Você deve descansar e descansar um pouco mais. E isso é exaustivo, para você, para mim. Devo negociar um novo lugar, novas pessoas, meu doutorado pendente, e você não está lá e inteira. Vou fazer isso por você, por nós, mas está me corroendo.

E se eu não encontrar um emprego aqui?

E se eu nunca puder voltar para meu próprio país? Vão me levar de volta depois de anos aqui?

Não consigo acreditar que essas perguntas estão surgindo agora. Elas devem ser afastadas. Você deve ficar bem. E lentamente, você se recupera. Tento mantê-la ocupada, mas há pouco para nos distrair nesta pequena cidade. Fazemos caminhadas, visitamos cafés e casas de chá, assistimos a encontros literários ímpares e às vezes nos encontramos com um de seus velhos conhecidos.

Então, do nada, você adoece com uma infecção no peito. É implacável.

Você se muda para outro quarto, que é mais quente, no andar de cima, e eu estou sozinho no quarto de hóspedes, no andar de baixo. Estou sozinho.

Você tosse e não consegue respirar, soa diferente, você está diferente.

Não dormimos juntos há meses, mas isso não é novidade. Tornou-se uma tarefa, eu acho, fazer isso. Nunca costumava ser. Lembro-me do nosso verão de amor, mas agora, em frente com a doença, a exaustão e a aparente falta de recuperação.

Finalmente, quando o ano se renova, saímos da casa de seus pais.

Mas você parece mais feliz, assim como eu. É um alívio não estar amarrado à cama, ao quarto, a esta pequena cidade no leste do país. Amarrada a eles, no seu caso.

Vagamos de cidade em cidade, tentando fazer de cada uma a nossa casa. Começamos com um entusiasmo tremendo, com amor, mas por um motivo ou outro falhamos. Nada está certo para você. Não sei o que você quer. Só preciso de um lugar onde eu possa ficar estável e tranquilo. Isso está me deixando nervoso, como se eu estivesse constantemente me debatendo em um mar tempestuoso. Também é caro, quero te dizer, mas acho que este pode ser um momento inadequado para falar sobre dinheiro.

Nossos sonhos de outro lugar estão desaparecendo.

Então, acabamos – e isso a preocupa tanto – voltando a morar com seus pais, porque não encontramos um teto para alugar.

Ou empregos.

Isso está nos separando.

Isso está nos desfazendo.

Não consigo segurar, e não consigo mais estar atento ou vigilante.

Devo viajar de volta para apresentar minha tese. De alguma forma, eu remendei tudo nos últimos meses. E estarei distante.

Você vai se juntar a mim mais tarde, diz, mas antes disso você diz que também vai embora.

Pela cidade sem rio.

Você a chama de sua cidade do eterno retorno, porque você foge e volta, e foge e volta novamente. Desta vez é para algo para o qual você foi convidada, um festival de algum tipo, para falar de livros, o que você acabou de escrever, aquele que será publicado em breve. Eles vão colocá-la em um hotel, e acho que você parece aliviada por estar livre de mim.

Talvez esta seja uma boa ocasião para nos separarmos, para reavaliar e reestimar, porque quanto tempo mais isso pode durar? E quanto mais posso continuar dando?

Sinto que tem sido assim por muito tempo. Desde o início. Devo te fazer feliz. Devo conquistar seu amor sempre fazendo, dizendo, as coisas que você quer que eu faça.

Mas veja como isso me matou.

Estou tão cansado, meu amor. Você tomou e tomou, meu sangue e alma, e tudo de mim, até que não resta mais nada. Estamos sempre separados agora, mesmo na mesma sala, não importa o quão pequena ela seja.

# O NAVEGANTE

Somos dois estetas, você e eu.

É por isso que fodemos tão bem. Parece tão bonita, a venda amarela em seu rosto. Tiro uma foto; você não sabe. Gosto de tirar fotos de minhas mulheres quando elas estão nuas, quando não sabem que estou fazendo isso, senão, imediatamente, está perdida. A nudez. Não, elas não vestem suas roupas, mas algo que esconde muito mais. O conhecimento de que estão sendo observadas. É uma atuação imediata. A mesma coisa na cama. Essas posturas, gemidos e caretas em seus rostos saídos de filmes pornôs. É por isso que gosto de sufocá-las um pouco. Coloco minhas mãos em torno de suas gargantas delicadas e aperto. Quando está apertado o suficiente, por tempo suficiente, a postura cai. Algo passa por seus rostos que é real. Você também faz isso, sua metida saída de alguma escola de convento vitoriano. Isso me faz querer que você se comporte mal, que abandone a polidez.

E, às vezes, comigo, você abandona.

Eu te conheço melhor que qualquer um, a escuridão por trás de suas maneiras adoravelmente elegantes.

Eles a expulsaram daquele hotel, e foi assim que você veio para ficar. Não, você se expulsou, você disse, porque os organizadores cometeram um erro e reservaram os quartos duas vezes, e esperavam que você dividisse seu quarto com uma estranha.

"Uma escritora", disseram, como se isso deixasse tudo bem. "Bastardos de Cheapskate", você os chamou. Você não tinha para onde ir; eu tinha um quarto extra, só que não o usamos.

"Por que você está aqui?", perguntei.

"Estou fugindo."

"Além disso?"

Você estava participando de algum festival cultural.

"E por que ele não está aqui? Aquele com quem você é casada."

Você não respondeu.

"Você vai deixá-lo?"

Você demorou muito para responder.

"Você sabe", eu disse. "Você já sabe, e ele também."

É a única vez que direi isso, mas sou muito mais velho do que você e agora sei que essas coisas – esses afastamentos – são sentidos sem uma palavra trocada. Somos telepáticos. Sensíveis como sismômetros à mudança e confusão de sentimentos.

Você não é novidade para mim. Eu te conheço há alguns anos.

Te conheci quando estava namorando outra pessoa. E nos sentamos na mesma sala. Algum escritor que nos convidou para jantar em seu apartamento pequeno e abafado. Foi deprimente. Felizmente, já estávamos chapados na época, e eu me lembro de você em um vestido branco, branco como o verão, com flores silvestres e pássaros marinhos. Você, sentada ali, tão intocada, como uma virgem colegial de um convento.

Você me disse que trabalhava em uma livraria, algum instituto cultural estrangeiro, que já estava lá há algum tempo e que podia fazer o que faz de olhos fechados, dormindo.

"O que mais você faz enquanto dorme?", queria perguntar. Queria morder seu lábio.

Que inapropriado. Sou um velho sujo e lascivo.

E então houve outra coisa, uma reunião em outro lugar. Não sou bom com detalhes.

Lembro que você disse que gostaria de escrever algum dia, talvez.

Não perguntei por que, porque entendi. Então perguntei o que você faria de outra forma?

Você disse que gostaria de ser uma origamista.

Por que você é?

"Não sei se tenho papel suficiente."

Depois disso, éramos peixes em um riacho, passando um pelo outro ocasionalmente. Um acontecimento aqui ou ali, uma leitura. Você sempre foi educada, e feliz em me ver. Eu também. Não pensei que um dia eu iria te foder (mas mantive isso em mente). Não faz muito tempo, encontrei você com aquele com quem se casou e você parecia feliz, e pensei que eu era um idiota. Você tinha acabado de voltar para o campo, para uma pequena cidade no leste, eu participei de um evento literário lá para o qual ninguém mais havia sido convidado, e fiz um discurso, e ninguém riu das partes engraçadas além de você dois, e eu estava tão grato por termos ido buscar um pouco de vinho, e a noite se tornou longa, e bebemos novamente no dia seguinte, e no seguinte, até eu ir embora.

E então, da próxima vez que te encontro, alguns meses depois, na cidade sem rio, você está diferente. Não menos feliz, penso, não sei dizer. E daí eles te expulsam daquele hotel. Tudo isso acontece.

Então, você acaba na minha casa, e sei que gosta da nudez do lugar, seus pisos abertos, uma única poltrona, as estantes, a estante de instrumentos musicais incomuns. Você percebe o espelho no quarto, sua posição na parede oposta ao pé da cama. O que isso refletiria. E já estou pensando em você nele. Pergunto-me se você também posará para mim e para o espelho e para si, e quando dormirmos juntos, descubro que sim. Estou um pouco desapontado, mas nunca estive com uma mulher – e houve muitas – que não fizesse isso. Exceto, talvez, minha esposa, e ela se foi.

Faço um chá; alguma mistura leve de ervas, porque você não bebe café. Em breve, isso também mudará, e você desejará o líquido escuro, familiar e forte. Conversamos na varanda; você gosta que eu tenha flores e vasos de plantas que parecem bem e saudáveis. Cuido da casa.

"Obrigada", você diz, "por me deixar ficar."

Digo que não é nada, que você é muito bem-vinda.

Mais tarde, coloco uma vela de citronela no banheiro antes de você entrar no banho. Acho que você gosta de coisas assim, e acerto. Isso é fácil.

Na noite em que você vem para ficar, vamos a algum evento literário e bebemos muito. Eu também cheiro um pouco de coca. Quando ofereço a você, você diz não e não dá uma explicação. Mas o álcool flui aos montes, rápido e profundo. Copo após copo de vinho tinto para mim e cerveja preta para você direto da garrafa. Todo mundo está bêbado também. Incluindo a poetisa que está lendo seu livro recém-publicado naquela noite. Alguém está dançando em cima de uma mesa. A música é horrível e antiquada, mas até ao som dela nós dançamos. Você fica bonita em seu vestido e sapatos e bandana. Uma vez, você coloca a cabeça no meu peito, fecha os olhos e fica lá por um bom tempo. Tanta ternura. O que acontece é que, em momentos como este, sempre acho que é doce e raro, e não é. É tão fácil sentir amor. E sei que você está se jogando nisso porque você está em um espaço de grande tristeza, e o que mais posso fazer a não ser permitir que você caia para que seja carregada para outro lugar, onde quer que seja. Nós não dormimos juntos naquela noite, mas me deito ao seu lado. Não vejo você dormir, mas te seguro.

Aí nós acordamos de tarde e nos beijamos e não saímos da cama.

Nós fazemos todo o resto, mas eu não te fodo. Ainda. Mesmo que você implore, e eu goste de ouvir essas palavras saírem dessa boca. Por favor. Por favor. Então nos lavamos, comemos e bebemos nosso café e chá, e encontramos livros para ler. Você pega um dos meus e, a certa altura, olho para cima e vejo você olhando para mim, sua mão em uma página. Está chorando. Quando pergunto por que, você aponta para uma linha. É sobre um rio e os mortos, e como eles descem até nós quando chove. Por muito tempo, ficamos ambos em silêncio. Naquela noite, um dia antes de você partir, saímos para jantar. E quem não pensaria que estamos juntos? Exceto que as pessoas no restaurante me viram muitas vezes, com diferentes mulheres ao meu lado, e então provavelmente não percebem. Sempre sinto o peso da esperança em meu braço. Por que todo mundo está sempre pensando em algo mais do que o agora?

É inútil fazer isso porque não há certeza, de um momento para o outro, do que vai acontecer. Eu sei. Aconteceu comigo. Minha esposa disse que me veria mais tarde, no jantar, e não o fez. Portanto, quando você chega carregada de expectativa, compartilho apenas algumas coisas com você, a parte que surge quando mergulhamos em algo novo. Quando nossos corpos ainda estão frescos um para o outro. Não haverá nada mais do que isso ou haverá tudo. Recuso-me a decidir. O futuro acontece como é, como tem de ser.

Então, você deixa minha casa como um sussurro.

E quando retorna um mês depois, conheci outra pessoa.

Porque a vida é assim, não é? Não se pode parar seu fluxo e refluxo. Você entra na corrente e tudo o que está em seu caminho vai cruzar com você e tocá-lo e, às vezes, fica. Não penso muito sobre o que passa por mim. Se isso acontecer, aconteceu. Algum tipo de crença em fluxo orgânico, se é que existe tal coisa. Você não pode controlar o clima. Você navega para onde o vento sopra.

É assim mesmo.

Você volta com sua mala e um colar de pérolas falsas brilhantes em volta do pescoço, e o que mais posso fazer? É um ato de resgate. Como posso não fazer nada? Quando você está lá, toda madura e adorável e tão abertamente minha, mal posso suportar.

Também acho que isso é conveniente. Nada mais. Nada menos.

Você é uma hóspede da casa e eu estou sendo hospitaleiro. Estou mostrando hospitalidade na minha cama. Você está ao meu lado. Estou sobre você, ainda não em você.

Para isso, espero até a manhã seguinte, quando sei que a empregada está na cozinha e o jardineiro está lá fora. E então estou em você. Não consigo te dizer como é o melhor tipo de emoção. Com você sufocando sua boca em meu ombro. Eu por cima.

Em nosso tempo juntos, não pergunto sobre aquele com quem você é casada, porque considero isso temporário, é claro. O que mais pode ser? Quaisquer que sejam seus motivos, eu não sei e não questiono. Eles são seus. Não falamos sobre ele até muito mais tarde.

Mas quando começamos a conversar, fico surpreso como é fácil.

Talvez por que nós dois escrevemos?
Essa é uma das razões pelas quais isso poderia funcionar.
E porque não vai.
Conversamos na cama, quando os lençóis estão úmidos e o ventilador gira acima de nós, gemendo sem parar. Confesso que já traí. Com duas e até três ao mesmo tempo. Você diz que já esteve com homens casados. Tenho que admitir que não contei essas coisas a ninguém, e você também não, assim me diz.
Você pergunta por que não pode ficar por cima.
E eu não te digo. Eu vou, mas não agora.
Descubro que converso sobre minha esposa com mais frequência com você do que com qualquer outra pessoa. Isso é perturbador. Às vezes, sinto que ela está na mesma sala que nós, observando, ouvindo. Não tenho esse sentimento há anos. Por que você a trouxe de volta? Não, isso não é justo. Ela nunca se foi.
Lentamente, você fala daquele com quem se casou. Você diz que as coisas não estão bem. Que não há muito para salvar. Eu pego a palavra "companheiros". Fico em silêncio. Não desejo perguntar, porque pode parecer que estou interessado em mais. No momento, estou feliz que a corrente siga como está. Quando mudar, saberemos e nos ajustaremos. Como sempre fazemos.

Mas eu digo que também estou saindo com outra pessoa.
Porque é verdade. E você sempre soube dela, e como ela está em outra cidade, fazendo um estágio por alguns meses. No começo, pensei que isso – nós, você e eu – fosse uma aventura. Até você mencionar o problema em que seu casamento estava. Mas mesmo assim. Como eu saberia?
Portanto, este é todo o tempo que temos, querida, e de alguma forma, para mim, isso o torna melhor, mais emocionante ainda. É como a lista de dez coisas que você quer fazer antes de

morrer, e realmente fazê-las. Somos hedonistas, porque temos tão pouco tempo. No começo você fica tranquila com isso, acho. Além disso, porque mal a mencionamos. Estamos muito ocupados fodendo.
  Sou um adolescente de novo.
  Não foi assim, nunca. Tanto sexo bom. E quando você fica assim deitada, é uma bela pintura.

Somos vistos juntos do lado de fora também.
  Porque somos encrenqueiros – é assim que você nos chama.
  No fundo, somos artistas, você e eu. Gostamos de escandalizar, de sentir o boato vibrar ao nosso redor como estorninhos. É por isso que somos bons escritores, porque sabemos que as palavras no papel podem provocar as mesmas coisas. O drama, o espetáculo, o apelo louco pela imortalidade. Nos apaixonamos por aqueles da Era do Jazz. Em algumas noites, nosso barato é tão vasto quanto o universo. É insustentável. E eu amo isso. Queimamos, como alguém disse, nas duas pontas.
  De bar em bar. De repente, estamos em todos os lugares. As festas onde têm muito álcool, e nem mesmo isso é o bastante, então caçamos os bares que ainda não fecharam e bebemos um pouco mais. Gostamos de alguns e voltamos com frequência, sem precisar dizer um ao outro. A varanda de um prédio dentro de alguma ruína do século XV, que dá para uma árvore iluminada por uma lamparina e, além dela, um lago. Gostamos daqui porque é dentro e fora. Ficamos parados, Francis e Zelda, infinitos copos nas mãos. Alguns estranhos se aproximam de nós. "Você é o…?", porque sou velho e famoso. E apresento você também, dizendo que esta é quem você é. E – é por isso que te amo – você parece não se importar. "Ah, eu preciso ler seu livro." O estranho profere educadamente, e você diz, com um

gole de seu vinho, "No seu próprio tempo". Quero beijar você ali naquele momento.

De volta à minha casa, fumamos maconha guardada em uma jarra de granola de plástico. Saudável.

Você me ensina a misturar com coca.

Veja, por trás de sua reticência vitoriana há um traço de loucura. Nós subimos e voamos. Para cima e para baixo. É uma merda louca. Isso fere nossas gargantas; é doce em nossos pulmões. Lutamos no meio, nem alto nem baixo, um lindo purgatório.

Então eu digo a você que ela virá passar alguns dias a caminho de outro lugar.

Em outras palavras, preciso que você saia.

Por alguns dias. Até deixe suas coisas aqui e volte assim que ela se for. Não acho que vou esquecer a expressão em seu rosto.

Ou seu silêncio.

Mas o que devo fazer?

Tudo isso está além do meu controle.

Embora, mesmo assim, em algum lugar da minha cabeça, eu também ache isso um pouco estranho.

E você se vai com todas as suas coisas. Menos por um par de sapatos que você acidentalmente deixou para trás. São amarelo-manteiga, com tiras que envolvem seus adoráveis tornozelos.

Naquele período, não tenho notícias suas.

Tudo está quieto.

Exceto quando nos encontramos – você está com amigos – em um bar. Esta cidade sem rio é pequena, lhe digo. Ela foi ao banheiro e, quando me viro, você está lá. Parecendo magoada, cansada e pequena. Estou bastante bêbado e tento abraçar você. Não acho que você retribui. Mas continuo abraçando todos com quem você está. Então todos vocês vão embora. Eu me sinto um tolo. Mas uma bebida resolve isso e todo o resto.

Nos próximos dias, mando uma mensagem, mas você não responde.

Persisto. Alguém uma vez me disse que sou como uma criança. Talvez seja verdade. Depois que ela sai, te mando mensagens furiosamente. Vamos nos encontrar, eu insisto, vamos nos encontrar. Você finalmente responde com um abrupto "OK". Mas é um triunfo, porque consegui fazer com que você concordasse em me encontrar para uma bebida. Querida, temos apenas mais algumas semanas antes que ela volte para sempre. Não te digo isso, é claro; você descobrirá como e quando acontecer. O importante sempre está aqui e agora. Alguém não disse que a arte chega até nós com a proposta franca de dar nada além da mais alta qualidade aos nossos momentos que passam, e simplesmente por causa desses momentos? Ofereço o mesmo a você.

Este presente momento e todas as suas possibilidades infinitas, e suas perdas infinitas. Assim que acontecer, ele se foi.

Então nos encontramos.

E voltamos para a minha casa e dormimos juntos porque é tão bom e, porra, senti sua falta na cama, e então você vai embora.

"Não seja tola", eu lamento. "Fica, fica, fica." Repito essa palavra como um feitiço, mas não consigo te encantar. Você chama um táxi, se veste e vai.

De manhã, mando uma mensagem dizendo, "Quando vejo você?"

Desta vez, não há muita resistência.

Há uma coisa de arte que você quer assistir. Normalmente, desconfio dessas coisas nesta cidade, a menos que sejam recomendadas por alguns amigos de confiança, mas estou ansioso para agradar, então digo que sim, é claro que irei com você.

Eu te pego no final da tarde. Nós dirigimos para o local do evento. É um edifício baixo e branco, com pilares neoclássicos e um alpendre, e grandes terrenos ao redor, no coração da cidade. Você está usando um vestido azul, como algo dos anos 60, e um lenço floral. Você pintou suas unhas de vermelho. É uma aeromoça sexy e quero levá-la de volta para a cama. Mas primeiro, arte.

E, a contragosto, admito que é bom. Um projeto imaginado em torno da obra de um famoso escultor, colocado dentro do prédio, executado por uma trupe de teatro em várias salas, e do lado de fora. É multidisciplinar, disseram, e você e eu estamos intrigados. Ficamos de mãos dadas porque não me importo com quem está assistindo, nunca me importei e nem você.

Seguimos a trilha da exposição e, no gramado, passamos de um local para outro, um show mutante e comovente. Primeiro, uma árvore e leituras do diário do escultor sobre a chuva. Ouvimos suas palavras no escuro. Depois nos mudamos para outro lugar, um anfiteatro, onde um grupo de mulheres circula, conversando, no palco. Seus ciclos são vermelho cereja. Em seguida, uma conversa entre dois homens. Isso continua por muito tempo, muito tempo, e você e eu estamos distraídos. Finalmente, felizmente, ele termina e somos levados ao último local. Uma dança ao longo do andaime esquelético da fachada do edifício. Observamos e depois vagamos para o lado silencioso, e lá encontramos as bicicletas vermelhas. Nós escolhemos uma cada, subimos; nós vacilamos, por causa de anos sem prática. Então você passa correndo por mim, rindo, seu vestido subindo pelas coxas. Eu sigo. Descemos o caminho e depois viramos à direita, seguindo a longa extensão do jardim.

Eu te alcanço, e nós corremos, você quase cai, espero até você se firmar. O ar da noite é fresco e úmido e cavalgamos como crianças repentinas. A performance termina, mas a nossa não. As pessoas nos observam, divertidas, perplexas. Posso dizer que você não quer parar, e nem eu. Eu poderia fazer isso para sempre.

Mas é claro que não podemos, então descemos, vermelhos, ofegantes e guardamos as bicicletas.

Jantamos, fartos e saudáveis, e decidimos não pedir bebidas. Depois vamos para casa, para a minha casa, e adormecemos, você, como sempre, em meus braços.

"Por que você me segura durante a noite?", você pergunta.

"Para nos manter a salvo de fantasmas."

Quando nos deitamos na cama, lendo, ouvindo música ou conversando, temos que nos tocar. Meu braço no seu, ou nossas coxas ou nossos pés se tocando. É estranho. Não basta estar no mesmo quarto, na mesma cama, é preciso estar sempre em contato.

Posso sentir que você gosta. Faz você se sentir segura.

Logo, somos adotados por uma gata, e a chamamos de Dirty Maggi.

Como Thatcher em um clube de strip.

Nós a alimentamos com atum direto da lata. Ela gosta e devora tudo, depois adormece na minha mesa onde escrevo. E você olha para mim, da mesa onde se senta e trabalha, e sorri. Por um momento, somos como a porra da Sagrada Família.

Exceto que Dirty Maggi tem pulgas. Então corremos para uma loja de animais e compramos alguns remédios. "Só um pouquinho na coleira", o lojista nos diz, mas Dirty Maggi é tão suja que despejamos tudo sobre ela.

Ela é uma gata linda e você a ama.

Ela é listrada de laranja, branca e suja, e tem esses olhos verdes, a cor das primeiras folhas da primavera. Por horas, ela dorme e depois vai embora, tão silenciosamente quanto veio.

Quando ela não aparece por alguns dias, você fica ansiosa.

"Espero que não tenha acontecido nada com ela..."

E te digo que ela está bem, ela é uma gata de rua, astuta e afiada.

Você nunca parece convencida.

Numa tarde, você fica muito chateada.

Estamos deitados na cama do quarto de hóspedes. Por algum motivo, você gostou deste lugar; é como uma caverna, você diz. Com a luz caindo pelas folhas, pela janela. É um quarto que dificilmente uso sozinho, mas com você aqui, te sigo.

Seguro meu telefone diante de mim; estamos lendo um artigo que alguém postou sobre um artista excêntrico que construiu para si um museu em uma ilha, quando uma mensagem chega.

*Você pertence a mim. Eu pertenço a você.*

Você fica desconsolada.

Peço desculpas; falo com ela quando você não está por perto, mas isso é muito evidente, eu sei.

Você está tão chateada que vai embora.

Pergunto se você vai voltar mais tarde, e a porta do táxi bate na minha cara.

Então, depois de algumas horas, te sigo.

Sei o lugar que você alugou. Não muito longe de mim. Afastado das ruínas e do bar "dentro-fora" em que gostamos de beber. Espero a sua porta e você me deixa entrar eventualmente, mas não fala comigo. Na verdade, você segue se comportando como se eu não estivesse lá.

"Sente-se, por favor, sente", imploro.

E você senta. Empoleirada em uma almofada longe de mim, como se não pudesse suportar ser tocada. Em algum lugar do outro cômodo, uma música chega. *"Pondo fogo em nossas entranhas para se divertir."*

Quando você olha para mim, só consigo ver raiva e mágoa, e uma vez, brevemente, esperança. Que vou dizer que a estou deixando por você, que não há mais ninguém, só você.

Mas não sou essa pessoa.

Isso nunca vai acontecer.

Porque deixei isso claro desde o início, não deixei?

Que sempre havia mais alguém na jogada.

Mas não consigo suportar perdê-la nem mesmo por um curto período de tempo, porque não posso viver com perdas. É como se tudo tivesse acabado quando perdi minha esposa naquele acidente. A capacidade de perda de uma vida toda tirada durante a noite. É por isso que apenas deixo as coisas acontecerem até que elas sigam seu curso, até que murchem. Como não posso tomar a decisão de partir, a única opção é ficar.

Então, me sento lá com você, e não me desculpo e não prometo.

Simplesmente espero até que sua raiva se transforme em tristeza.

Posso sentir isso. O ar muda na sala.

Suponho que seja quando pretendo "fazer as pazes", oferecer algum gesto em direção à reconciliação, para tentar pelo menos aliviar sua tristeza.

Então, digo a você que um amigo me deu um pouco de ópio. "Vamos beber..."

E sem falar nada, você esquenta um pouco de água, arruma os copos, faz o chá. Dissolvo os profundos cristais âmbar no líquido fumegante. Fica da cor de mel escuro. Nós nos mexemos; duas governantas afetadas e adequadas. Bebemos à mesa, em silêncio. Gole após gole, esperando o milagroso tomar conta de nós como o sono. A sensação tonta de estar e não estar neste mundo. A desaceleração e a nitidez do tempo. A sensação de felicidade e náusea. Quem disse que eles não são a mesma coisa? Depois de um minuto, uma hora, você desliza para a cadeira, enrolando-se na almofada. Sento-me com minhas entranhas doendo; meu corpo parece que está soldado ao sofá.

De alguma forma, sei que depois disso não haverá muito de nós. Que lutaremos em mais algumas camas e nos separaremos e nos encontraremos novamente. E uma vez vou te convidar para jantar, e você vai aceitar, e vai chorar por sua causa, e quando eu te deixar em casa te beijarei, porque naquele instante eu sinto sua falta como um universo. Você vai olhar para mim com amor e ódio e algo mais que nunca serei capaz de identificar, e então nos separaremos, às vezes colidindo na agitação louca desta cidade. Em um café onde estou trabalhando em um novo manuscrito. Em uma festa para comemorar o lançamento do livro de outra pessoa. Em algum restaurante ou outro, onde você está com amigos e eu estou com aquela que me pertence. Em um piquenique de inverno espalhado no parque com ruínas ao nosso redor. E as coisas vão suavizar. E todo esse amor se transformará em amizade para sempre – não, vamos ser totalmente honestos, apenas por um tempo – com "e se". Depois disso, haverá apenas reuniões acidentais, um e-mail perdido, uma mensagem perdida há muito tempo. Um telefonema porque você precisa de alguns conselhos sobre um projeto literário. Uma cerveja rápida em outra cidade. Um pensamento um do outro quando algo que nos lembra do passado chama a nossa atenção. Então, esses também, como tudo mais, irão desaparecer.

Por enquanto, porém, levantamos nossos copos e bebemos.

E caímos em um delicioso estupor, e sonhamos com bicicletas vermelhas que cavalgamos para o céu.

Nós corremos, seu vestido deslizando por suas coxas, eu na frente e depois você. Você se move rápido, forte e estável. E – tenho certeza – você vai me deixar para trás.

Este livro foi composto em Fairfield LT Std no papel Pólen Soft para a Editora Moinhos enquanto *Dentro de cada um*, de Elza Soares, tocava na madrugada de uma quinta-feira.

*

O Brasil avançava na vacinação, mas a média de mortes voltava ao patamar de 2 mil por dia.